KB126578

파도가 밀려와
달이 되는 곳

HEXAGON

WWW.HEXAGONBOOK.COM

파도가 밀려와 달이 되는 곳
윤정현

2020년 4월 27일 초판 1쇄 발행
2021년 1월 17일 개정판 1쇄 발행

지 은 이 윤정현
펴 낸 이 조동욱
편집주간 조기수
펴 낸 곳 헥사곤 **Hexagon Publishing Co.**
등   록 제 2018-000011호 (2010. 7. 13)
주   소 경기도 성남시 분당구 성남대로 51, 270
전   화 070-7743-8000 | 010-3245-0008
팩   스 0303-3444-0089
이 메 일 joy@hexagonbook.com
웹사이트 www.hexagonbook.com

ISBN 979-11-89688-51-6 03810

파도가 밀려와
달이 되는 곳

윤정현

헥사곤

차례

제1부 고향에 돌아와서

제2부 파도가 밀려와 달이 되는 곳

제3부 바람도 울고 넘는 고개

제4부 흔적

제1부

고향에 돌아와서

시골집으로 이사 갑니다

광주 도심의 아파트 생활을 청산하기로 했다. 고향마을 빈집으로 간다. 생각하면 아득한 길, 회귀의 수순은 번잡하기도 하지만, 달리 생각해보면 그리 복잡할 것도 없다. 아득하다. 나이 오십 살이 채 안 되는 동안 나는 무슨 꿈을 꾸어왔을까? 5.18이 일어난 해부터 시골을 벗어나 도회에서 살기 시작했으니, 올해로 꼭 30년째다.

어느 시골 마을이든 빈집이 넘쳐흘러서 깨끗이 치우고만 산다면 대환영이었다. 대충 1~2백만 원 정도 들여서 수도, 보일러, 창틀, 전등 같은 것들을 손보면 세간을 들여놓기에 충분할 것 같았다.

귀농이니 귀향이니 하는 호사스러운 말들은 생각하지 않기로 했다. 출퇴근을 할 수 있을까? 아침저녁으로 오가는데 다소 시간이 걸릴 뿐, 시골집에서 광주 도심 사무실까지 승용차로 한 시간 남짓밖에 안 걸린다.

늘어날 기름값은 감수하기로 했다. 미처 백 킬로가 못 되는 길, 그나마 내 차는 기름 값이 조금 덜 드는 편이니 편도 7천 원, 왕복

만 오천 원 정도면 충분하다. 오가는 길거리에서 기름을 태우는 환경오염은 어찌할 수 없으리. 애당초 나는 어느 한 낱말로 귀결되는 절대가치를 섬겨본 적 없으니, 또렷한 지주대 없이 그냥 바람 부는 대로 이리저리 흔들려볼 참이다.

내게 이 도시에서 살아가는 사람들이 엮어내는 삶의 방정식은 도저히 해결 난망의 난수표만 같다. 그나마 남은 힘을 소진하고 싶지 않다.

산벚꽃이 피겠다.

2009년 봄

오감으로 살아가기

이사 와 살고 있는 명발당 툇마루에 서면 덕룡산 바위 능성이가 한눈에 펼쳐진다. 마당에 나무들이 심어져 있는데, 나는 조만간 이것들을 파내 더 멀찍이 옮겨 심어, 경관을 확 트여 보이게 하고 햇볕 그대로를 쨍쨍 내려받도록 할 참이다. 바로 앞엔 마을회관이 있고, 그 지붕 위엔 예의 그 시골 마을 마이크가 천연덕스럽게 달려 있다. 들판과 하늘엔 어디에나 그렇듯 전봇대와 전깃줄이 어지럽게 널려 있다.

멀리 보이는 산에는 집안 어른들의 산소가 군데군데 자리 잡고 있고, 그 너머에 내가 나고 자란 동네가 있다. 예전엔 그저 평범했던 덕룡산은 근래 들어 산악인들에게 심심찮게 알려진 곳이라서 능선을 타며 바다를 바라보려는 사람들이 찾아온다.

새벽 네 시 반쯤이면 닭이 울기 시작한다. 그러면 사람들은 잠을 깨, 다섯 시 반 무렵이면 들일을 나간다. 어둠이 걷히기 시작하면 저마다 소리가 다른 새들이 지저귄다. 날이 밝을수록 소리들은 늘어간다. 경운기 소리나 로타리를 치거나 이앙기로 모를 심는 소리, 동네 아짐들이 골목길을 지나가다 나누는 얘기 소리도 지척인 듯 가깝다.

도시에서는 이것들을 대신해 신문과 텔레비전, 풍문과 쑥덕거림이 그 자리를 차지했다. 하지만 시골로 살러 온 뒤로 나는 부러 그것들을 멀리하고 있다. 어느 때부턴가 그것들이 싫어졌고, 대신 내 몸의 감각을 되살리고 싶었다. 심하게 몸을 상한 뒤부터는 더 그랬다.

　나는 지금 가만히 귀만 기울이고 있어도 내 주변에서 일어나는 일들을 어렴풋이 느낄 수 있다. 아파트에서 듣는 차 소리는 그저 소음뿐이었지만, 이곳 시골에서 나는 소리를 들으면 누가 어디서 무엇을 하다 들어오는지 알 수 있다. 한밤중이면 나는 가만히 자리에 누워 가늘게 들려오는 소리를 들으며 올망졸망한 사연을 가늠하곤 한다.

　내가 군대에 막 입대했을 때, 고참병들은 깊은 산속에서 야간행군을 하다가 덤불 속에 들어가 플래시를 비춰 더덕을 캐곤 했었다. 어떻게 그럴 수 있는지 알 수 없었다. 하지만 내가 고참병이 되자 그 의문이 풀렸다. 도시 생활의 술과 담배에 찌들었던 내 몸은 풀과 바람에서 풍겨 나오는 미세한 냄새를 구별해낼 수 없었던 것이다. 별난 재주가 없어도 술과 담배만 멀리했던 고참병이 되자 나도 한밤중에 길을 가다가 냄새를 맡고 더덕을 캘 수 있었다. 하지만 이것도 잠깐, 제대하자 내 코는 다시 냄새에 둔감한 도시인의 것이 되고 말았다.

　산과 들을 만날 때 나의 감각은 열려 있었고 상상력은 풍성했다. 반면 문명 속에서 나의 몸은 게을러지고 무감각의 틈으로 빠져들어 알 수 없는 세상으로 끌려가곤 했다. 그렇다고 도시가 매개하는 모든 것이 소용없다는 말은 아니다. 다만 지나치게 얽매이고 싶지 않을 뿐이다.

　2009년 여름

내 마음 속 연꽃

- 월출산, 천관산, 완도, 대흥사

마을 근처 바닷가에는 유별난 곳이 있다. 이곳으로 온 뒤 나는 종종 차를 타고 근동의 마을 농로나 동네 고샅길을 돌아다녀 보곤 했는데, 송학리 월곶에서 우연히 본 곳이다.

마을 언저리에 있는 뭍에서 월곶에 이르는 길은 바닷속으로 몇 백 미터가 훨씬 넘게 들어가는데 시멘트로 단단히 포장이 되어 있다. 그 길로 굴이나 바지락, 꼬막 같은 해산물을 채취하는 사람들이 경운기를 타고 다닌다. 우연히 그 길로 승용차를 타고 들어가 봤는데, 꼭 내 몸이 차와 함께 개펄 속으로 미끄러져 들어가는 것 같았다.

그 끝에 작은 돌무더기가 섬을 이룬 것 같은 지형이 있다. 이곳은 물이 들어도 잠기지 않으므로 섬인 것이 분명하지만, 넓이가 2~3백 평 남짓하고 또 나무가 전혀 자라지 않으므로, 아무도 섬으로 치지 않은 모양이다. 바다에서 자라는 것 같기도 하고 육지에서 자라는 같기도 한 풀이 조금 자라고 있고, 볼품없는 바윗돌이 개펄 위에 솟아 올라와 있다.

지도에는 나오지도 않고, 인터넷에서도 찾을 수 없다. 이곳의 주인은 게나 망둥어 들이다. 여기에서는 인기척이라곤 느낄 수 없는데, 아주 가끔 동네 할머니가 깊은 뻘 한가운데에서 날이 저물도록 허리를 굽혀 굴을 따곤 한다.

완도의 섬들을 지나 한참이나 육지 깊숙이 들어오는 강진만은 다산이 유배 와 살았던 초당과 청자 도요지가 있는 곳이다. 장보고의 근거지도 그 입구다. 누구에게나 잘 알려져 있고 나에게도 그렇다. 알려진 장소들은 대부분 높은 곳에서 눈을 굽어 내려다보이는 곳에 있다.

하지만 이 별난 곳은 그 정반대다. 이곳에서 사방을 올려다보면, 가까이는 동서남북으로 청자 도요지, 덕룡산, 완도 쪽 복섬, 강진 읍내 쪽 가우도가 눈에 들어온다. 그리고 눈 위에 손바닥을 올려 더 먼 곳을 쳐다보면 장흥 천관산과 대흥사가 있는 두륜산, 완도 장군봉, 영암 월출산이 한눈에 들어 온다. 그러니까 그 시선을 따라 선을 긋자면 그곳을 꽃술로 한 꽃봉오리 모양이 된다.

문득 나는 거기에서 연꽃을 떠올렸다. 시궁창 속에서 피어나는 내 마음속의 연꽃이다.

2009년 여름

누에치기

완도에 갔다가 미친년 머리카락처럼 휘날리는 눈발을 보며 해안선을 따라 남창을 지나 집으로 왔다. 섬들 사이로 바람이 휘몰아쳤고, 물결 위로 눈발이 녹아들고 있었다.

오다가 달도란 마을 표지판을 봤다. 그것은 나를 35년 전인 1975년의 그 밭 둔덕과 방조제로 데려갔다.

내가 초등학교 2학년 때 수양리 우리 집은 빚에 팔려 넘어갔고, 이웃 봉양마을에 있던 산과 밭에 딸린 작업장인 '잠실蠶室'이라고 불렀던 곳에서 살림을 해야 했다. 그때 그곳으로 이사를 가던 날의 기억이 잊히지 않는다.

비가 억수같이 쏟아지던 여름날, 보리 공판을 마치고도 빚 때문에 수매한 돈을 받지 못해 화가 난 아버지는 공연히 나와 형에게 화풀이를 하셨다. 무던히도 빗줄기가 세던 날, 아버지가 지게에 몇 가지 살림을 지고 삼인리 마을 앞 좁은 밭둑 길을 걸어갔고, 형과 내가 또 그렇게 내리는 비를 철철 맞으며 지게를 지고 따라갔다.

그곳에서 2년간 학교를 더 다니다, 1년은 아예 학교에 다니지 못하고 가족들이 시골과 광주에서 흩어져 힘든 한 해를 보냈다. 이듬해인 1975년, 우리 가족은 다시 그 잠실에서 재회했다. 그때 어머니는 누에를 쳤는데, 가진 뽕밭에 비해 누에가 너무 많았다. 누에는 한 5~6일쯤 넉 잠을 자고 난 뒤 한 차례 더 흠씬 뽕을 먹고, 똥을 싼 뒤에 '말간' 몸을 한 채로 '익어서' '섶'에 오르는데, 그런 누에를 그만 막바지에 뽕이 없어서 버릴 처지가 되었다.

우리 동네는 물론 근동에 있는 뽕밭을 다 뒤져 '이삭'으로 누에의 밥때를 연명했다. 그때 어머니는 완도 달도라는 마을 누군가의 밭에 버려진 뽕이 있다는 얘길 들으셨다. 아버지와 나는 그길로 차를 타고 그곳으로 갔다. 섬 아니면 바닷가였을 것이다. 아버지는 사레가 긴 밭에서 해가 서쪽으로 넘어가도록 흡족한 표정으로 뽕나무를 베어냈다. 그 등 뒤로 이내 어둠이 밀려왔고, 우리는 이슬이 젖은 뽕잎을 갈무리했다.

아버지와 내가 짐을 지고 일어섰을 때는 깊은 밤중이었다. 긴 방조제를 따라 걸어 나왔다. 뽕 냄새와 땀 냄새가 흠씬 풍겼고, 방조제로 파도와 달빛이 부서졌다. 아버지는 앞서서 등짐을 지고 가는 힘겨울 아들을 위해 간간이 무슨 말을 건네야 했다.

찻길로 나와 완도에서 광주로 가는 막차를 멈춰 세웠다. 차장과 운전사는 어마어마한 짐에 난감해했다. 하지만 밤중이어서였든지, 아니면 아버지의 애원이 통했든지, 신전까지 차를 타고 올 수 있었다. 봉양 잠실 집으로 가 짐을 부려놓은 다음에 문을 열어보니, 어머니는 깊은 잠에 빠져 있었다. 한참 후 어머니는 누에처럼 눈을 떴다. 그렇게 넉 장의 누에는 섶에 올라 돈을 만들었다.

담배씨만 한 알에서 누에가 깨어나오면, 양지녘엔 보랏빛 제비꽃이 피어 있었다. 누에는 넉 잠을 잤다. 그 뒤에 깨어난 그것들이 뽕잎을 갉아 먹는 소리는 시누대밭에 거친 바람이 지나가는 것 같았다. 논에 물 들어가는 소리와 아기 목구멍에 젖 넘어가는 소리가 세상에서 제일 좋다는데, 어머니에게는 그렇듯 누에가 뽕잎 갉아 먹는 소리도 좋았을지 모르겠다.

누에가 넉 잠을 잘 무렵이면 어머니는 밥 해먹을 시간도 없었다. 라면을 박스째 사다 놓고 석유풍로 위에 양푼을 얹고 거기에 끓여 드셨다.

그 무렵 우리 집엔 쌀이 없어서 식구들이 내내 싸레기밥을 먹었다. 집에서는 괜찮았지만, 사춘기 때라서 친구들에게 맨날 싸레기밥을 싸가서 먹는 걸 보이기가 싫었다. 어머니가 싸준 도시락을 학교에 가져가지 않고, 집에서 나오는 길가에 비워버리곤 했다. 그런데 어느 날 그것이 어머니의 눈에 띄어 버렸다. 그 나락으로 떨어지던 표정. 어머니가 무슨 말을 했는지 기억조차 나지 않는다.

백용에 사시던 외할머니도 매번 오셔서 뽕을 따주시곤 했는데, 어느 때인가는 어둠 속에서 뽕 다발을 머리 위에 이고 내 쪽으로 다가오시던 모습을 보고 귀신인 줄 알고 놀란 적이 있다. 그 봄 산밭에는 누에 똥 무더기가 널브러져 있었고, 나비가 된 누에들이 호랑가시꽃 위로 날아다녔다.

누에치기가 끝나면, 어머니는 새벽같이 먼 주작산 아래 돌샘에 가셔서 항아리 가득 달랑거리는 바가지 소리가 들리던 물을 머리에 이고 오시곤 했다.

2009년 겨울

몽유夢遊

　고향 동네인 수양리에서 바닷가 쪽에 있는 백용이란 마을에서 1925년에 태어난 어머니에겐 몽유병증이 있었다. 아버지는 큰아들이었고, 어머니 역시 3남 3녀의 큰딸이었는데 두 집의 살림살이가 똑같이 온전치 못했다. 일제강점기 막바지에 '대판'으로 징용을 갔던 아버지가 해방이 되어 돌아오자 또 타관으로 떠나갈 것을 염려한 할아버지가 동네 앞 '냇갈주막'에서 친구와 술을 마시다가 서로 사돈을 맺기로 약속해버린 탓에 혼인한 사이였다.

　어머니는 의붓시어머니 아래서 시집살이를 시작했다. 첫 번째 할머니는 자식을 못 낳고 돌아가셨고, 둘째 할머니인 우리 할머니가 아들 둘을 낳고 돌아가시자, 할아버지가 또 세 번째 할머니를 맞아들여 1남 2녀를 낳았다. 막내인 작은아버지가 큰형과 1951년생 동갑이었다.

　외할머니의 동생은 해방 전 서울에서 대학을 다녔는데, 사회주의 학생운동을 하기 위해 주간과 야간 각기 다른 두 곳을 다녔다. 공작 활동을 하려면 학적이 있어야 해서 그랬다고 하셨다. 경찰서에도 자주 들락거렸다 했다. 그래서였는지 외할머니는 학교를 아예 못 다니셨다. 그런 외할머니는 딸이 밤에 몰래 책을 갖고 야

학엘 다니는 것도 모질게 싫어하셨다고 했다. 어머니는 자식들에게 "내가 야학을 다녔는데, 너희 외할머니께서, 그 어린 딸이 울고 불며 애원을 하는데도 책을 내 품에서 빼앗아 아궁이에 넣고 태워버리시더라"는 얘기를 두고두고 하셨다. 날마다 신사참배를 해야 했던 소학교도 외할머니 등쌀에 얼마 못 다니고 그만두셨다.

친정 살림이 버겁기도 했다. 내가 기억하기로는 외갓집 논밭은 겨우 열 두세 마지기에 불과했다. 외할머니에게는 자신의 남동생처럼, 배워서 무슨 짓을 할지도 모르는 딸보다 호미를 들고 밭을 매거나 부엌일을 하는 일손이 더 필요했을 것이다. 외할아버지가 기력이 좋았을 때는 집 근처 갯벌에서 화염火鹽 방식의 소금을 구워서 팔아 살림에 보태기도 했다. 그렇게 3남 3녀를 둔 외갓집은 근근이 먹고 살았다. 오죽했으면 외할머니는 큰외삼촌의 아들이 개울에서 큰 붕어를 잡아 와 끓여 먹었다는 얘기를 어린 나에게조차 여러 번 했을까?

이렇게 힘겨운 환경들이 어머니에게 몽유병을 앓게 한 것이다. 동네 사람들은 그런 어머니의 몽유병증의 원인을 두고 입방아를 찧었다. 아버지가 어머니와 결혼해 할아버지 집에서 지금 나 살려던 집을 지을 때, 어느 바닷가 마을에서 성주成住를 하다가 망해버린 집의 목재를 그대로 가져다 썼는데, 그 나무에 그 집의 귀신이 붙었기 때문이라 했다.

어머니는 잠을 잘 때, 깨어 있는 것처럼 말을 했다. 꿈속에서 누군가와 얘기 하는 목소리가 깨어 있을 때와 똑같았다. 때로 그렇게 말을 하다가 손을 휘젓기도 하셨다.

언젠가는 자다가 잠옷 바람 그대로 집 뒤란에 있는 대밭으로 나가서 막 소리를 치며 귀신을 내쫓는 행동을 하시다가 아버지에게 붙들려 오시기도 했다. 어느 여름밤에는 하얀 속곳 차림으로 자다가 일어나 집을 엿보고 있던 귀신을 쫓아, 낫을 들고 집에서 거의 1킬로나 떨어진 동구 밖에 있는 '냇갈주막'까지 달려가셨다. 그러다 도중에 잠이 깨, 넋이 나간 사람이 되어 낫을 들고 터벅터벅 걸어서 돌아오셨다. 어머니의 그런 모습은 어린 내게는 몹시도 무서웠다.

　그런 병증도 유전될까? 내가 그런 적이 딱 한 번 있었다. 어렸지만 무언가가 참 고달프게 생각되던 무렵이었다. 월남에 다녀온 큰형이 직장을 얻어 바다 건너에 있는 칠량면사무소에서 근무하게 되었다. 어머니는 7대째 큰아들인 형을 귀하게 여겨서 열두 살인 나와 두 살 먹은 여동생을 데리고 가서 영동이란 마을에서 남의 집 작은 방 하나를 얻어 살며 형의 뒷바라지를 해줬다. 그 어느 여름날이었다.

　날마다 일을 마치고 나면 주야장천 술을 마셔댔던 큰형은 그날도 집에 돌아오지 않았다. 어머니도 어린 여동생을 등에 업고 도암 집으로 가고 없어서, 나 혼자 잠을 자야 했다. 꿈속에서 누군가가 나를 막 쫓아오는 거였다. 나는 그를 피해 내내 소리를 지르며 이곳저곳으로 도망을 다녔다. 그러다가 기진맥진해진 어느 순간 문득 잠에서 깨어났는데, 꿈속의 내가 방안에서 땀을 뻘뻘 흘리며 방 구석구석으로 허우적거리며 쫓겨 다니고 있었던 것이 아닌가.

　그때 얼마나 소름이 끼쳤는지 모른다. 나도 어머니처럼 잠을 자다가 말을 하고, 몸과 마음이 분리된 귀신처럼 일어나서 돌아다니게 될 거라는 생각 때문이었다. 하지만 다행히 뒤로는 다시 그런 일이 일어나지 않았다.

　어머니와 나의 거짓말 같은 '몽유夢遊'의 기억이다.

　2017년 여름

쎄빠통 덕수

　그는 고향 동네에서 한참 떨어진 송씨 제각을 지나 덕룡산 기슭 아래쪽 집에서 살았다. 우린 '덕수'라고 함부로 불렀지만, 내가 학교에 다니기 전에도 그는 이미 머리가 하얀 노인이었다. 사람들은 미친놈이라고 그랬다. 다리를 절어서 한쪽 겨드랑이에 지팡이를 짚고 다녔는데, 스님들이 탁발하러 메고 다녔던 다 해진 '바랑'을 등에 메고, 늘 한쪽 발을 절며 지팡이를 짚고 다녔다. 그는 신전에서 술을 먹고, 해가 뉘엿뉘엿 할 무렵에 수양리까지 얼추 2킬로는 족히 될 논밭 둑길을 절룩거리고 오면서, 늘 누군가의 이름을 고래고래 외치곤 했다.

　신전을 예전엔 '쎄빠통'이라고도 불렀다. 거기에 가면 쎄(혀)가 빠져버린다는 말이었는데, 그곳에서 노름판이 많이 열려 신세를 망친 사람들이 많았기 때문에 생긴 말이다. 육지 쪽에서 농사를 지어 가을에 돈을 만든 사람들과 겨울에 김 농사를 해서 돈을 번 바닷가 쪽 사람들이 그곳에서 큰 판돈을 걸고 노름판을 벌였다. 그러다가 하룻밤 사이에 집과 논밭을 모두 잃고 밤 봇짐을 싼 사람들이 많았다.

그 노름판에 대한 기억이다. 초등학교 3~4학년쯤이었다. 하루는 학교를 파하고 집에 가다가 외삼촌과 어느 가게 앞에서 마주쳤다. 외삼촌은 나를 노름판을 벌이고 있는 집으로 데려가 문밖에 있으라곤 하고, 틈틈이 담배 심부름 같은 걸 시켰다. 뭘 시킬 때마다 잔돈은 모두 내 몫이었다. 웃돈도 줬다. 그렇게 밤까지 심부름해주고 있었는데, 밤이 깊어 노름판이 격해져, 서로 뒤엉켜 싸웠다. 아이들이 상대의 배 위에 올라타서 박치기하고, 얼굴을 주먹으로 내리치는 것과 똑같았는데, 나는 그 장면을 또록히 지켜봤다. 세상에나 어떻게 다 큰 어른들이 애들처럼 저럴 수가 있나 의아했다.

한번은 덕수가 우리 아버지의 이름을 '누구야, 누구야' 그렇게 고래고래 외치면서 논둑길을 걸어가는 걸 본 적이 있다. 그땐 저 미친놈이 우리 집에서 신세도 많이 지면서 무슨 억하심정이 있어 저러는가 하고 반발심이 일었는데, 지금 생각해보니 그런 게 아니었다.

어머니가 그를 종종 보살펴줬다. 대단한 건 아니고, 겨울에 사랑방 같은 데에서 자게 하곤, 그가 대바구니를 잘 짜니까 바구니를 짜라고 해서 사람들을 불러 모아 사게 하는 정도였다. 그는 바랑에 쌀과 그릇을 갖고 다니며 어디에서든지 뭘 끓여 먹곤 했었는데, 우리 집에 있을 때도 그는 그렇게 따로 해 먹었다. 그는 목욕을 거의 하지 않아 몸에서 나는 냄새가 장난이 아니어서 사람들과 함께 밥을 먹지 못할 정도였다.

나는 그런 사람이 집에 있다는 게 무척 싫었지만 어쩔 수 없었다. 하지만 그는 눈치 하나는 보통이 아니었다. 그런 그가 어머니가 집안에서 고생하시는 걸 보고, 아버지의 이름을 크게 불러 원망하면서 걸어왔던 것이다.

아버지는 애먼 데에 정신이 팔려 있어서 늘 농사를 망쳤다. 일을 하면 무척 잘하기도 했다. 사람들이 동네에서 우리 아버지가 '낫질 하나는 1등'이라고 했으니까. 내 기억에도 아버지는 살림보다 정신이 다른 데에 가 있었다. 겨울에는 물론 농사철에도 한 번 집을 나가서 며칠씩 돌아오지 않기도 했다. 그러다가는 어느 날 홀연히 나타났다가 다시 집을 나가시곤 했다. 어머니는 그런 아버지를 두고 '내 원수'라고 했다. 언젠가는 어머니가 동네 사람들과 밭을 매며 나누는 말을 들은 적이 있는데, '어디에 나갔다가 콱 죽어버렸으면 좋겠다'라고도 했다.

하지만 부부 사이는 알 수 없는 일. 어머니가 홍어를 무척이나 좋아하셨는데, 그렇게 아버지가 먼 길에서 돌아오실 때는 가끔 누런 비료 포대 종이에 둘둘 말아 싼 홍어 한 덩이를 사 오곤 했다. 두 분은 늘 싸웠지만, 어머니는 아버지가 사 온 그 홍어를 슬그머니 꺼내 흡족한 표정으로 먹곤 했다.

그러니까 덕수의 그 외침은 '네 부인은 5남 2녀를 데리고 어떻게든 먹고살아보려고 애를 쓰는데, 너는 뭘 하고 쏘다니느냐'고 힐난하는 거였다.

그가 언제 어떻게 해서 사람들의 눈에 띄지 않게 되었는지 동네 사람들 아무도 몰랐다.

2019년 가을

곰배팔이 중녕이

　어린 우리들이 그의 이름을 함부로 불러댔지만, 실제 그는 1923년생인 아버지와 동갑이었다. 입이 비뚤어졌고, 말도 심하게 어눌했으며 두 손은 배배 꼬인 곰배팔이였다. 어렸을 때 어머니에게 들은 사연은 이렇다.

　어머니가 징용에서 돌아온 아버지에게 시집오셨던 해방되던 해, 그는 총각이었다. 기름을 발라 머리칼을 빗어 넘긴 인물이 훤칠한 미남이었고, 노래를 무척 잘 불러서 처녀들이 담 너머로 그이를 종종 넘어다보곤 할 정도였다. 그런데, 부모에게 물려받은 땅 상속 문제로, 그의 형이 그를 회관 뒤 그의 집 마당에 있던 멀구슬나무에 동아줄로 팔을 칭칭 감아 묶어 둬버렸다. 그때 그는 온 동네는 물론 먼 산에 메아리가 칠 정도로 밤새 고래고래 소리를 지르며 짐승 같이 울었다고 했다.

　그때 입이 돌에 찍혔는지 입술도 도톰하게 되바라져 있었다. 지금이야 상상도 못 할 일이지만 그때는 남의 집안일에 간섭하지 않는다는 불문율이 강했다. 그의 형은 사흘 만에 그를 풀어줬는데, 그 때문에 팔이 비틀어져 버렸고, 하도 큰 충격을 받아 곧바로 미쳐버렸다고 한다.

그분도 우리 집에 자주 왔다. 아버지와 동갑내기 친구라지만 그래도 아버지가 그를 대하는 건 그저 무덤덤했고, 어머니가 유독 그를 짠하게 생각해서 밥도 주고, 때로 사랑방에서 재워주기도 했다. 나는 그도 싫었다. 위생 상태가 말이 아니어서 그에게서 나는 냄새가 참기 어려웠고, 입성도 그랬다. 하지만 어머니 때문에 어쩔 수 없었다. 그의 눈은 꼭 소같이 크고 툭 튀어나왔는데, 나는 그를 밖에서 보면 무서워서 도망을 다녔지만, 집에서는 마주칠 수밖에 없었다. 아마 그도 내가 자기를 지독히 싫어했던 사실도 잘 알고 있었을 것이다.

집이 망해서 수양리 집을 팔고 봉양이라는 이웃 마을에 있는 누에를 치던 황토벽돌로 지어진 잠실이라는 곳으로 이사를 가서 살던 때였다.

어느 겨울, 눈이 소복이 쌓인 이른 아침이었다. 날이 채 밝지도 않았는데, 그가 죽은 산토끼 한 마리를 들고 와 어머니의 댁호를 부정확한 발음으로 불렀다. 어디를 헤매다 왔는지 몰골이 말이 아니었다. 산발한 머리에, 끈이 다 떨어지고 구멍이 숭숭 난 군화를 신고 있었는데, 그마저 흠뻑 젖어 있었다. 그는 집이 없어서 늘 산과 들에 돌아다니면서 살았다. 그 무렵 사람들이 산토끼를 잡는 올가미를 많이 쳤는데, 지나다 거기에 걸려 죽어 있는 토끼를 가져온 것이다. 도름정이라고 했던 해남 삼산면 도림마을 쪽에서 강진 도암 수양리로 넘어오는 네거리재에서 주웠다고 했다. 그것을 겨우내 그런 고깃덩이 하나 먹지 못하고 살고 있을 친구 집으로 가져온 거였다.

어떻게 요리를 해서 먹었는지는 생각이 안 난다. 하지만 산토끼

탕 맛은 기억이 난다. 그때는 고기가 귀해서 토끼를 집에서 길러 잡아먹기도 했었는데, 산토끼의 맛에는 미칠 수 없었다.

10년 전, 고향에 돌아와 중녕이의 소식을 물으니 사람들은 역시 그가 어디에서 어떻게 죽었는지 아무도 몰랐다. 늘 산속 바위 밑이나 빈집 허청 같은 데에서 자곤 했으니, 아마도 어느 겨울 그런 곳에서 자다가 그대로 얼어 죽었을 거다.

2019년 가을

당골네 아들 만봉이

도암에서 수양리 앞 '냇갈주막'을 지나 신전 쪽으로 가다 보면 꽤 긴 오르막길이 있었고, 그 곁 밭 가운데에 조그마한 솔숲이 있었다. 거기 아주 허름한 오두막 한 채가 있었는데, 만봉이는 거기서 당골인 어머니와 단둘이 살았다.

그의 아버지가 누구인지는 아무도 몰랐다. 무당인 그의 어머니가 절대 입 밖에 꺼내지 않았기 때문이다. 우리가 만봉이라고 부르며 하대下待했지만 나보다 대여섯 살은 더 먹은 이였다. 정신박약으로 좀 어수룩해서 우리들이 많이 놀려먹기도 했고, 겁을 주기도 했었다.

초등학교 6학년 때였다. 어느 날 학교를 파하고 동네 친구들하고 집으로 오다가 도중에 그와 마주쳤다. 그때 그는 꽤 등치가 큰 청년이 다 돼 있었지만 어리숙해서 우리들이 장난질을 많이 했다. 그를 보자 우리들은 심심하던 차에 잘 만났다고 서로 의미심장한 미소를 나누었다. 장난끼가 발동한 우리는 여럿이서 몽둥이를 집어 들고 만봉이를 에워쌌다.

"너, 이 개새끼, 용개 칠 줄 알지?"

금방이라도 패 죽일 것처럼 겁을 줬다. 사춘기 남자아이들이 하는 자위행위를 우리는 '용개'라고 했는데, 그 발칙한 짓을 우리보다 훨씬 더 나이를 먹은 그에게 강요한 거였다. 그러니까 이 바보 같은 만봉이가, 세상에나... 우리들이 지켜보는 가운데 꽤 긴 시간 동안 자기의 그것을 내놓고 그 짓을 했다. 그동안 누군가는 말을 건넸을 것이다. 정말 묘한 느낌이었다. 그리고, 그 짓이 끝나자 우리는 "자알 했어. 가 봐" 그러며 또 곧 패 죽일 듯 겁을 줘서 그를 쫓아버렸다. 그가 정상인이었다면 상상도 못 할 일이다.

학교 체육 대회가 열렸던 날은 이런 적도 있었다고 들었다. 학생들이 여러 가지 경기를 한 다음에 마지막 차례로 마을 대항 학부모 이어달리기를 하던 때였다. 그는 달리기를 엄청나게 잘했기 때문에 그가 살던 동네 사람들은 그를 마지막 주자로 정했다. 덕분에 그 마을은 승승장구해 결승전에 올랐다. 경기가 시작되고, 중반까지 선수들은 서로 앞서거니 뒤서거니 비슷비슷했다. 그리고 운동장을 두 바퀴인가를 도는 마지막 주자에게 바톤이 넘어갔다. 당연히 만봉이가 너무나 잘했기 때문에, 그가 바톤을 이어받자마자 나머지 주자들을 수월하게 앞질러 버렸다. 운동장에 있던 수많은 사람들이 함성을 지르면서 결승 라인 옆으로 달려들었다. 결승 테이프를 끊기 바로 직전이었다. 그 순간, 아뿔싸! 만봉이가 그만 환호하며 달려든 사람들 때문에 시야가 가려서 테이프가 쳐진 골인 지점이 아닌 다른 곳으로 달려가 버렸다. 그 사이, 한참 뒤져서 달려오던 주자가 테이프를 끊고 말았다.

만봉이는 늘 천덕꾸러기로 돌아다니며 밥을 얻어먹고 다녔다. 그는 힘이 엄청나게 세서 일도 무척 잘했다. 사람들이 들일을 하다가 그가 지나가는 것을 보면 소리쳐, '만봉아, 이리 와' 그래선, 잔뜩 겁을 주거나 이래저래 꼬드겨서 일을 시키고 그저 밥만 먹여주면 그만이었다.

그가 그렇게 일을 하고 난 뒤 일꾼들이 점심밥을 먹을 때 막걸리를 한 잔씩 하면 꼭꼭 그도 '나도 한 잔 달라'고 했는데, 그런 그에게 막걸리를 한 잔만 줘야지 두 잔 이상을 주면 그것으로 그의 그날 일은 끝이었다. 그는 술기운이 올라오면 논둑이건 어디건 가리지 않고 큰 대자로 퍼질러 누워 곤히 자버리곤 했다.

여름이었다. 바닷물이 빠진 어느 날, 점심밥을 먹은 동네 아주머니들과 처녀들이 모두 바구니를 하나씩 머리에 이고 동네에서 멀리 떨어진 바닷가로 꼬막을 캐러 갔다. 우리들도 따라갔다. 수많은 사람이 길게 줄을 서서 논둑길을 따라가고 있었다. 바다에 거의 다달았을 무렵, 앞서서 가던 어떤 사람이 화들짝 놀라 소리를 지르며 바구니를 내팽개쳐 버리고 냅다 멀리 도망을 쳐버렸다. 뒤따라가던 우리는 깜짝 놀랐다. 무슨 일일까? 가까이 가 보니, '개웅'이라고 불렀던 원둑 중 육지 쪽 큰 민물 웅덩이에서 만봉이가 옷을 홀딱 벗고 목욕을 하고 있었다. 유독 큰 그의 그것과 그때 이미 새커매져버린 그의 거웃이 다 들여다보였다. 만봉이는 당황한 모습으로 옷으로 몸을 가리고 우물쭈물 등을 돌리고 있었지만, 그의 그것과 검은 그것이 훤히 보이는 거나 같았다. 동네 아주머니와 처녀들은 혀를 끌끌 차면서, '이 개새끼야, 거기서 무얼 하냐?'고 욕을 하면서 지나갔다.

그 만봉이도 지금은 보이지 않는다. 살아 있다면 환갑을 훨씬 넘은 그를 두고 모두 어디에선가 죽었을 것이라고 했는데, 그 역시 언제 어디서 어떻게 죽었는지 아무도 모른다.

2019년 가을

녹우당 길님씨

녹우당, 그 큰 집 안채엔 팔순이 넘은 종손 어른 부부와 수발을 해주는 길님이라는 분, 딱 셋이 산다. 종손 내외는 병원 치레를 내 집 드나들 듯하고, 요즘 들어서는 두 분 다 몸이 더 안 좋다.

내가 녹우당에 갈 때마다 안채 대문을 열어주는 이는 길님이라는 여자분이다. 백발이 성성하고, 환갑을 훨씬 지나 칠순을 바라보는 빼빼 마른 할머니다. 대개 내가 안채 대문 앞에 서서 종손 어른께 문을 열어달라고 전화를 하면, 종손은 길님씨 더러 문을 열어주라고 말하는 듯했는데, 그러면 곧바로 삐걱거리며 부엌문 여는 소리가 나고, 그녀가 대문으로 달려와 환히 웃는 얼굴로 대문을 열어준다.

그분의 사연을 함부로 말하기엔 좀 그렇다. 시집을 갔지만 바로 쫓겨 와 버렸고, 녹우당이 있는 연동마을 친정집에서 부모님과 같이 살다가 그녀의 아버님이 돌아가시기 직전에 종손에게 유언처럼 "딸아이를 하나 거둬주라" 부탁했다 한다.

그런 그녀와, 녹우당 사위이자 시를 쓰는 내 L 선배의 부인인 H

씨가 유독 살가운 사이였던 듯 싶다. 내가 L형과 같이 종종 녹우당에 들를 때면, 대문 앞에서 안쪽을 빼꼼히 들여다보며 선배 형이 큰 소리로 "길님씨!" 라고 불렀는데, 그러면 그녀는 서둘러 달려와 대문을 열어주며 L형을 반겼고, 문밖을 살펴보며 H랑 같이 안 왔냐고 묻곤 했다. 그 표정이 너무나 정겨웠다. 덕분에, 종종 같이 갔던 내가 덕을 봤다. 내가 혼자서 갈 때도 늘 그녀는 L형을 반기듯, 나도 그렇게 반갑게 맞아줬다. 그 표정을 어떻게 표현할까? 입을 벌리고 웃는 그 천진한 눈빛을 말이다.

그런 그녀는 자신을 거둬준 종손 내외를 무척 고맙게 여기는 듯했다. 얼마 전 그녀가 아파서 병원에 입원한 적이 있는데, 병실에서 종부가 내내 같이 있다가 잠깐 어디에 다녀올 일이 있어 나갔다 왔더니, 그녀가 딸꾹질을 하며 슬프게 울고 있더라 했다. 종부가 왜 그렇게 우느냐고 물었더니, 아픈 그녀를 종부가 떼어놓고 사라져버린 거로 생각했고, 이제 아무도 자신을 돌봐줄 사람이 없다고 생각해서 그랬다고 하더란다.

오늘 녹우당에 갔더니 뜰 안에 비파가 익어 있었다. 나는 종부 어른께 저건 어떻게 할 거냐고 물었다. 종부는 "딸 사람도 없고…."라며 말끝을 흐렸다. 딸 사람이 없어서 그냥 버릴 거라는 얘기였다. 해서 나는 "아니 저 아까운 걸 버려요? 따서 효소를 담급시다"고 했다. 내게 감을 따는 기구가 있으니 내일 그걸 가져와 따자고 했다. 그렇게 종부와 이런저런 얘기를 하다가 나오는데, 아, 이미 길님씨는 그 작은 키에 아랑곳하지 않고 긴 막대를 들고 혼자서 비파를 따고 있었다. 종부와 내가 비파를 딴다고 말하는 것을 들은 그녀가, 내일 기구를 가져와서 딴다는 말은 미처 못 들었는지, 기다렸다는 듯 서둘러 먼저 가서 비파를 따고 있던 것이다.

종부가 그걸 보고, "아야, 뭣하고 있냐? 간짓대로 따면 다 베러부러야"라고 싫은 소리를 했다. 그제서야 그녀는 비파 따기를 멈추고 바보처럼 헤프게 웃었다.

내일은 감을 따는 기구를 가져가 그런 길님씨랑 비파를 딸 참이다.

2017년 여름

내가 만든 화로

　고향에 온 지 반년. 내가 사는 집엔 한번 불을 지피면 이튿날까지 온기가 남아있어서 어지간하면 그냥도 잘 수 있을 만큼의 아주 잘 놓아진 구들장 방이 하나 살아있다. 해서 이즈음 나는 시골 어디에나 흔해 빠진 장작을 주워다 아궁이에 불을 지펴 잠을 잔다. 이것은 벌이가 궁한 내게 돈을 아껴줄 뿐 아니라, 색다른 사색의 시간을 선사하기도 한다.

　낮에는 화장실에 드나들기도 쉽고, 이런저런 먹거리를 가까이서 가져다 먹을 수 있는 방에서 지낸다. 밤낮으로 방을 옮겨다니는 것도 좀 그렇고, 난방비도 아끼려고 해서다. 구들방이 좋아서 컴퓨터를 옮겨 놓고 지내볼까도 생각해봤다. 하지만 그것은 단념했다. 잠만 자는 방이 하나쯤 있는 것도 좋겠다는 생각에서다. 낮 시간을 보내는 방은 기름보일러를 쓰는데, 기름값을 조금이라도 더 아껴볼 생각으로 화로를 만들었다.

　전통 구들방의 장단점은 누구나 알 것이다. 땔감을 구하는 게 문제인데, 요즘 그것은 아주 수월하다. 근래에 공공근로사업을 하느라 간벌을 많이 하니까, 트럭을 갖고 가면, 금방 질 좋은 장작을 주워 모을 수 있다. '개 눈엔 똥'이라고 했던가? 나는 그렇게 버려져 썩어가는 나무들을 보면 어렸을 때 큰 나뭇짐을 이고 오시던 어머니와 내가 땔감을 하기 위해 마른 억새를 자르려고 동네 뒷산을 넘어가 해남 삼산 해인동이 내려다보이는 곳까지 간 일이 생각난다. 여자들은 동네 가까운 소나무 숲에서 마른 잎을 긁어모은 '갈퀴나무'를 했고, 남자들은 먼 산에 올라가 마른 풀잎을 낫으로 벤 '검불나무'을 어렵사리 해왔다. 하지만 요즈음에는 땔감으로 쓸 만한 장작을 주변에서 아주 흔하게 볼 수 있다. 나는 도끼질을 할 필요도 없이, 톱으로만 잘라 바로 아궁이에 집어넣을 수 있는 크기의 나무만 모은다.

아궁이에 장작을 넣고 불을 지펴 구들장을 데우고, 그 과정에서 생긴 숯불을 담아와 방 안에 들여놓는다. 그러다 필요가 없어 물을 부어 불을 꺼버리면 나중에 말라서 다시 쓸 수 있다. 아궁이에서 불을 피우다가 수시로 조금씩 숯을 만들어둘 수도 있다. 불이 벌겋게 붙은 나무를 삽으로 퍼내 물만 부어놓으면 되니까.

화로는 장독대에 버려져 있던 금 간 항아리로 만든 것이다. 그 위아래를 철사로 단단히 동여매서 숯불의 뜨거운 열기에도 깨져서 쏟아지지 않도록 했다. 방바닥과는 일정한 거리를 두기 위해 숫기와 두 장을 받쳤다. 까딱 잘못해 화덕을 엎어버릴 때를 대비해 토방마루에 물을 가득 채운 양동이를 준비해뒀다.

상수도는 동네로 연결된 꼭지를 잠가버리고, 예전의 우물에다 펌프를 박아 끌어 올린 지하수를 쓴다. 땅속 깊은 곳에서 올라온 물은 한겨울에도 김이 모락모락 피어오를 만큼이어서 설거지 정도는 충분히 할 수 있다. 몸을 씻을 때가 문제인데, 부득불 그때만 보일러를 켜고 온수를 쓴다.

이렇게 해서 상당한 비용을 아낄 수 있게 됐다. 하지만 기름값이 큰 폭으로 줄어들지는 않았다. 샤워 물을 쓰거나 미처 숯불을 피울 수 없을 때, 갑자기 손님이 온다거나 하면 보일러를 틀어야 하기 때문이다. 그래 봐야 기름값이 얼마나 들어가겠는가. 화로를 피워놓으니 방안이 따뜻하다. 냄새도 좋고, 덤으로 소독 효과도 있을 것 같다.

어렸을 때, 할아버지가 이런 겨울이면 방 안에서 화로를 붙들고 앉아 곰방대로 '몰초' 담배를 피우다, 이따금 내게 먹을 것도 구워 줬던 생각도 난다. 화로는 내게 과거로 떠나는 여행이다.

2010년 겨울

금동아짐과 유자

찬서리가 아직 걷히지 않은 아침 일찍, 올해 나이 일흔아홉의 금동아짐이 오셨다.

아침밥을 짓다 말고 나가서 인사를 건네자, 사다리를 찾았다. 내가 만든 대나무 사다리를 가져다가, 마당 가에 있는 나무에서 유자를 따야겠다는 거였다. 대나무 사다리지만, 노인이 들기에는 무리일 것 같았다. 그래서 조금 있다가 내가 들고 가겠다고 말하곤, 아침 겸 점심밥 준비를 해놓고 서울에서 데려와 있는 네 살짜리 아들놈의 옷을 따뜻하게 입혀서 사다리를 들고 아짐 댁으로 갔다.

아짐은 어느 잔칫집에서 가져왔다는 약밥을 내보이며 같이 먹자고 했고, 아이가 그것을 먹는 모습을 보더니, 이내 부엌에서 주섬주섬 아침상을 차리셨다. 두 그릇밖에 남지 않은 오리탕 한 그릇을 내가 다 비워버렸다. 아짐은 늘 말씀을 좋게 하시고 사람의 마음을 편안하게 해주시는데, 밥을 먹는 동안에도 내내 고등학교에 진학했다는 내 딸아이를 칭찬했다. 뭐니 뭐니 해도 자식 농사가 최고라면서.

아짐은 나더러 유자나무에 오르지 못하게 하시고는 두꺼운 옷을 챙겨 입고 사다리를 밟고 가시가 촘촘히 박힌 나무에 올라가셨다. 그러곤 가는 나뭇가지에 발을 간신히 버팅기고 톱으로 가지를 잘라 밑으로 떨구셨다. 분명 가시에 긁히기도 했을 것인데, 아짐은 아프다는 말을 한마디도 안 했다. 나는 내려주신 가지에서 전정 가위로 노란 유자 알맹이들만을 따냈다.

그렇게 얼추 한 시간쯤 지났을까? 노란 유자가 큰 대야 두 개와 작은 바구니 하나에 가득 담겼다. 그때쯤 유자를 사 가신다는 분이 오셨다. 그중에서 한 접을 가져가시기로 약속한 모양이었다. 크고 좋은 것들로만 백 개를 골랐다. 내게도 스무 개쯤을 검은 비닐봉지에 싸주시며 가져가서 일 삼아 차를 담그라고 하셨다. 그 분이 상태가 좋은 것으로만 골라놓은 것을 보니, 부피로는 따낸 것의 절반이었다. 나머지는 개수만 많지 색깔도 안 좋고 크기도 작았다. 깨진 것도 있었다.

두 분이 일어서면서 치른 유자 백 개의 값이 내겐 충격이었다. 달랑 만 원짜리 한 장이었다. 그 집에 갈 때마다 늘 좋아서 쳐다보곤 했던 그 노란 유자가 말이다.

2009년 가을

거저먹은 날

강정리 덕정동에 있는 문중 제각 추원당追遠堂에 복달음을 하러 갔다. 초복 날에는 도선산徙善山이 있는 한천동 제각에서 했는데, 말복에 또 집안 제각이 있는 건너편 회룡동에서 한다고 했다. 그러니까 내게 세 복날은 문중에서 거저먹고, 성묘도 하고, 반가운 일가친척들을 만나는 날이다. 음식은 문중답門中畓에서 나오는 소득으로 차린다.

추원당은 고산 할아버지윤선도가 세우셨다. 그 제각은 무척 커서 천장에 조선 시대 숙종 임오년에 만든 족보 판본이 보관돼 있다. 족보 판목뿐 아니라 사람도 들어갈 수 있다. 6.25 때 인공군이 내려오자 우익 편에 섰던 사람들이 숨어 들어가 목숨을 부지했다고도 했으니까.

함께 온 나이 든 분들은 산소에 올라가서 큰절을 드렸는데, 나를 포함한 젊은 사람들은 묘에 가지 않고 그냥 이런저런 얘기만 하고 놀았다. 항렬자나 나이를 물으며 서로의 관계를 따져 묻기도 했는데, 나보다 훨씬 나이가 많은 분이 손아래인 경우도 있었다. 그렇게 우리가 산소에 가지 않고 있었지만, 성묘를 마치고 온 노인들은 우리를 책망하지 않았다.

제각이 있는 그곳 서기산 일대에는 문중 산소와 제각들이 산재해 있다. 주변 지세를 둘러보니, 살아있는 사람들이 살 곳이라기보다는 죽은 사람들의 공간이라는 느낌이었다. 산 능선 마다에 좋은 자리라 싶으면 예외 없이 묘소가 있었다.

늦가을에 아버지는 종종 시제에 다녀오시곤 했는데, 그렇게 돌아올 때는 술이 '가르라니' 취해 있었고, 꼭 꺼렁지라는 짚으로 길게 묶어 싼 시제 음식을 가져오시곤 했다. 아버지는 힘들게 사시는 동안 늘 집안 이야기를 많이도 하셨다. 하지만 그런 문중도 아버지에게는 힘이 되지 못했나 보다.

돌아와서는 어제 산 판목으로 책장을 만들었다. 그렇게 나뭇결을 만지고 있을 때가 뿌듯하다. 시나브로 날이 저물었다.

늘 그렇듯 저녁밥을 혼자 먹었다. 주위가 밝을 땐 그래도 나은데, 어두운 밤에 집안에 앉아 혼자 먹는 밥은 멋쩍다. 게다가 우연히 틀었던 노래도 좀 궁상맞았다.

2009년 여름

꼬막과 게젓

 내게 음식 맛은 종종 이야기와 함께 기억된다. 더욱이 어렸을 때 먹어 본 음식은 상대적으로 커서 먹어 본 음식들보다 더 맛있게 느껴진다. 아마 맛도 생각과 결부되어 인식되는가 보다. 내게 가장 맛있는 김치는 어머니가 해준 것이고, 그것은 그렇게 길들여서일 것이다. 그것들은 대부분 바닷가 것들이다.
 할아버지는 내가 열 한 살 때 돌아가셨는데, 그 할아버지를 생각하면 늘 꼬막이 떠오른다. 먹을 것이 귀했던 때, 제삿날이 되면 나는 으레 바로 옆에 있었던 할아버지 댁 부엌에서 제사 준비를 하는 어머니와 할머니 곁에 붙어서 막 해낸 제사음식을 얻어먹곤 했다. 그때는 꼬막이 아주 흔해서 한 바구니를 삶았다. 그 꼬막을 할머니가 삶아내자마자 나는 할머니를 졸라 꼬막을 까먹곤 했다. 그때 할머니는 곧 제사상에 올릴 것이라서 '보시기'에 달랑 몇 개만 줬다. 그러면 나는 그것을 게 눈 감추듯 까먹고, 다시 그릇을 내밀며 더 주라고 할머니를 조르곤 했는데, 자꾸 그러니까 할머니는 나를 '나가 놀아라'며 부엌에서 쫓아냈다. 시어머니의 눈치를 봐야 했을 어머니가 더 매정하게 꾸짖었다.

그때, 큰방에 앉아 부엌에서 들려오는 실랑이를 듣다 못한 할아버지가 방문을 벌컥 열어젖히더니, "아야, 거 꼬막 잔 더 줘 부러라. 바구리째 갖다 줘버리란 말이다. 애기가 먹으면 얼마나 먹겠냐"고 호통을 쳤다. 그 성화 덕분에 나는 막 삶아낸 꼬막을 실컷 먹었다.

게젓도 꼬막 못지않게 맛있었다. 요즘 시장에서 보는 큰 게는 나는 보지도 못했고, 꽃게나 민게, 화랑게가 고작이었다. 그것을 '확독'에 '뜩뜩' 갈아 젓갈을 만들어서, 밥에 비벼 먹었다. 그러나 요즘은 값비싼 돈을 치러야 그런 맛을 즐길 수 있으니 천한 것과 귀한 것이 바뀌었다. '갓똥'도 그런 것이다. 요즈음 알려진 돌산 갓이 아니라, 토종 갓은 시골 어디에나 지천으로 흔했는데, 그것으로 담근 김치는 입안을 톡 쏘고 알싸했다.

장흥 출신 소설가 이청준의 어떤 작품에 있었던 게 이야기다. 어린 이청준이 중학교에 다니기 위해 광주로 와야 했는데, 바닷가 마을에 사는 홀어머니의 어려운 살림으로는 도저히 도시에서 자취방을 구할 수 없었고, 더욱이나 하숙은 생각도 못 했다. 그 당시 많은 시골 사람들이 그랬다. 도시에 사는 친척 집에 기숙을 시키고, 가을걷이해서 쌀을 보냈다. 그렇게 아들이 도시로 유학을 떠나기 전날이었다. 어머니는 그 친척 집에 가는 아들에게 곡식이나 갯것 같은 무언가 한가지의 선물을 들려 보내야 했는데, 가난했던 어머니에게는 그것이 없었다. 그래서 어머니는 아들이 떠나기 전날 바다에 나가 게를 잡아 왔다. 그거라도 들려 보내면 게젓을 담가 먹을 거라는 생각에서였다. 이튿날, 미지의 꿈에 부푼 소년은 그 게가 가득 담긴 포대를 들고 몇 번이나 차를 갈아타고 광주 친척 집으로 갔다. 그리고 이내 개학을 했다. 그 어느 날이었다. 학교를 마치고 집으로 들어가다가, 그는 골목 귀퉁이에 놓인 쓰레기통에서 어머니의 게 포대를 보고 말았다.

나는 초등학생 때, 집에서 학교까지 가는 십리 길을 걸어서 다녔다. 그러다 중학생이 되니까 여자애들은 걸어 다녔지만, 남자들은 모두 자전거를 타고 다녔다. 3학년 때에는 고등학교에 진학할 입시 공부를 해야 한다는 핑계로 버스를 타고 다녔는데, 차편은 얼마 없고 탈 사람은 많아서 버스 안이 늘 콩나물시루였다. 아침 버스에는 항상 바닷가 마을에서 어머니들이 전날 잡은 게나 꼬막, 바지락 등속을 큰 고무 다라이에 담아 들고 탔다. 그것은 안그래도 비좁은 차 안 공간을 차지하기도 했고, 때로 물이 교복에 옮겨 묻기도 해서, 어렸던 우리는 그것을 퍽이나 싫어했다. 그래서 어떤 분은 그 무거운 것을 무릎에 안고 가기도 했는데, 그런 우리들을 보는 그분들의 마음은 어땠을까? 나는 지금도 그 생각을 하면 얼굴이 붉어지는데, 그렇게 해서 번 돈으로 우리 또래의 아이들이 학교에 다녔으니까 말이다.

광주로 고등학교를 와서는 한나절은 족히 걸리는 완행버스를 타고 거의 주말마다 시골집을 오갔다. 자취에 필요한 찬거리를 가져와야 했기 때문에 토요일 오후에 갔다가 하룻밤을 자고 일요일 오후에 왔다. 돌아오는 길에는 집에서 싸준 김치통을 들고 버스를 탔는데, 도로포장이 안 돼서 버스가 탈탈거리는 바람에 통 안의 김칫국물이 흘러나왔고, 그래서 차 안은 온갖 김치 냄새가 진동했다. 같이 차를 탔던 사춘기 무렵의 여자애들이 그 냄새를 지독히도 싫어해서, 자기 것에서 그것이 배어나면 창피할 수밖에 없었다. 그래서 어떤 친구는 김치통을 자기가 갖고 있지 않고 선반에 올려놔 버리기도 했는데, 그러면 그것에서부터 먼저 냄새가 배어나왔다. 사람들은 냄새가 어디에서 나느냐고 서로 쑥덕거렸지만 주인은 나타나지 않았고, 도착하면 서로 갈 길이 바빴기에 냄새 같은 건 생각할 겨를이 없었다. 하지만 요즘은 도로가 말끔하게 포장됐고, 굽었던 길도 펑펑 뚫린 데다가 모두 자가용 차를 타고 다니니까 금방 갈 수 있다.

불과 몇십 년 전 일인데, 너무 아득하다. 그런 맛과 기억들은 모두 어디로 가버렸을까?

2004년 가을

해인동, 그 먼 곳

- 억새꽃

명발당에서 지낸 지 1년 하고도 반년이 지났다. 돌아보면 아득하다. 날마다 덕룡산 빛깔을 보며 지낸다. 모든 게 별로여서 나는 그저 무기력하고, 별난 일이라면 시골에 사는 친구들과 어울려 막걸리를 마시는 것 정도다. 아침에 일어나 밤이 깊어질 때까지 주변을 둘러보면 풍경은 시시때때로 변한다. 맑은 날, 눈이 오거나 비가 오는 날, 구름이 낀 정도, 온도에 따라서도 바뀌고, 내 마음 상태에 따라서도 바뀐다.

풍경을 담아놓기 좋아하는 사람들에게 억새나 갈대는 이즈음 각광 받는 피사체다. 늘 억새들의 모습은 바람에 휩쓸려 비스듬했고, 꽃이 활짝 피어 있었고, 때로 햇볕이 역광으로 투사되도록 해서 찍은 것들도 많았었다. 하지만 내게 억새는 그런 게 아니라, 아버지가 불렀던 '억달'이다.

나는 초등학교도 다니기 전에 형들을 따라가, 지게 대신 멜빵으로 땔감을 해 나르곤 했는데, 차츰 품새가 잡히자 내게도 지게가 생겼고, 동네 뒤에 있는 덕룡산 너머 해인동이 보이는 곳에서 '억달나무'를 하곤 했었다. 능선을 넘어가면 칼바람이 불었다. 거기에까지 간 것은, 초겨울에 마을 가까이에 있는 땔감은 사람들이다 해 가버렸고, 그곳에는 굉장히 많이 있었기 때문이었다. 억새밭이 장이머우 감독이 만든 영화 '붉은 수수밭'에서처럼 넓게 펼쳐져 있었는데, 찬바람 때문에 바닥은 반 얼음이 되다시피 한 눈으로 덮여 있었다.

대여섯 '깍지(줌)'에 한 '뭇(묶음)'씩, 얼추 30분 정도면 다섯 뭇을 할(벨) 수 있었고, 다 되면 지게에 지고 세찬 바람을 등지고 능선을 넘었다. 해남 우수영 쪽에서 불어 닥치는 바람이 드셌다. 능선을 넘기까지 우리는 몇 번이고 눈밭 위에 꼬꾸라지기를 반복했다. 그렇게 아스라이 능선을 넘어서면, 바람은 잦아들지만 비탈진 바윗길이 상상을 초월했다. 지금은 등산객들이 맨몸에 성능 좋은 신발을 신고도 다니기 힘든 길이다. 산에서 내려오다가 몇 번이나 나뭇짐을 내려놓고 쉬곤 했지만, 집에 오기까지 두 시간은 족히 걸렸다.

그것은 억센 풀이었다. 솜털처럼 부드러운 꽃들이 바람에 휘날리는 그런 게 아니었다. 그 추운 칼바람 속에서도 나무를 할 때는 장갑을 낄 수 없었다. 맨손과 낫으로 억달을 벨 때, 손아귀엔 무수히 많은 핏자국이 실렸다. 빳빳하기가 이를 데 없었고, 어쩌다 그것은 마치 면도날과도 같이 손끝을 스쳐 핏자국을 남겼다. 그러니까 우리들의 손등은 겨우내, 방학이 끝나 학교에 갈 때까지 두꺼비의 등처럼 쩌억-쩍 갈라져 있었다. 오죽했으면 광주에 살았던 이모가 이따금 집에 오면 제일 먼저 한 일이 쇠죽 솥 물을 세숫대야에 퍼내 내 손등을 담그고 우러나게 해서는 때를 벗기는 것이었을까? 돌을 주워 그렇게 우러난 손등을 문지르면, 꼭 구더기만큼씩이나 크고 검은 때가 밀려 나왔다.

그 산 능선이 지금은 등산객들이 좋아하는 공룡능선이 되었다. 월출산과 마찬가지로 덕룡산의 바위는 유독 하얀데, 이른 봄이면 바위 속의 진달래와 굽어 보이는 구강포 주변 풍경이 사람들의 발길을 끈다. 그 산 정상은 475m인데, 주변 산들이 그리 높지 않기 때문에 이곳에 오르면 일대 풍광이 한눈에 들어온다. 멀리 월출산과 서기산이 보이고, 바로 앞에는 천관산이 곱게 서 있다. 남으로는 완도 상황봉과 연근해 섬들이 보인다. 광각렌즈의 그것처럼 더 눈을 돌리면, 대흥사가 있는 두륜산이 지척이고, 서편으로는 멀리 우수영 쪽 바다가 있다.

어느 재수 좋은 날, 나는 멀리 해남 화원반도 쪽 바다로 떨어지는 저녁노을을 바라볼 수 있었는데, 그 붉은 노을이 펼쳐놓는 장관은 도시의 삶에서는 결코 느낄 수 없는 것이었다. 거기 서서 나는 오랫동안 눈앞에 파노라마로 펼쳐지는 경관을 바라봤었다.

월출산은 다산 선생이 유배 오실 때 '누리령 산봉우리는 바위가 우뚝우뚝 / 나그네 뿌린 눈물로 언제나 젖어 있네 / 월남리로 고개 돌려 월출산을 보지 말게 / 봉우리 봉우리마다 어쩌면 그리도 도봉산 같아'('누리령을 넘으며')라고 노래했던 곳. 서기산 아래쪽은 우리 선조들의 뼈가 묻혀 있는 곳. 구강포 끝 남포마을은 육지와 바다의 끝, 탐라도를 오가던 사람들로 붐볐던 곳. 고려 천태종의 요람 천관산, 이순신 장군의 고금도, 장보고의 완도, 민란을 일으켰던 허사겸이 넘어 다녔던 오심재도 지척이다. 멀리 고천암 쪽으로 저녁노을이 떨어진다.

작년 겨울, 펑펑 눈이 쏟아지던 날, 그렇게 나처럼 덕룡산 너머 해인동 쪽에서 억달나무를 해 날랐던 친구가 죽었다. 소식을 듣고, 나는 시골에 살고 있으니 굳이 먼 서울에 있는 장례식장에 가느니보다는 산일을 하고 있다가 운구를 맞이할 생각이었다. 그러나 다시 마음을 바꿔, 눈길을 뚫고 서울로 갔다. 중학교를 졸업하고는 보지 못했던 친구였다. 이리저리 흔들리며, 서울 어느 외진 동네에서 양말 공장을 했던 그는 술독 때문에 간경화로 쓰러졌다. 작년 가을 내가 도시의 삶을 털고 내려왔을 때 그가 집에 와, 그 억달나무를 지고 꼭 텔레비전에서 봤던 히말라야의 낭떠러지 길 같은 길을 내려오곤 했다는 그의 얘기가 잊히지 않는다. 나만 힘든 줄 알았는데, 그도 힘들었나 보다. 우리 집은 산 밑 동네여서 그래도 더 가까웠는데, 그는 늘 점심때가 지나서야 집에 도착해 등짐을 부려놓고 밥을 먹곤 했다고 했다. 그는 또 더 먼 바닷가 마을 친구들 얘기도 했었다. 그 동네 애들은 그렇게 나뭇짐을 지고 집에 닿으면 오후 새참 때가 다 되었다고. 그렇게 집에 가서 식은 보리밥에 '짠지'(짠 김치)를 입이 터지도록 밀어 넣었다고 했다. 내가 서울로 가길 잘 한 것이, 그예 친구의 육신은 고향에 오지도 못하고 화장되어 흩어지고 말았다.

얼마 전에는 열아홉 살 때, 그 억새꽃 핀 산 능선에서 나와 무언가를 맹세했던 친구가 다녀갔다. 그 역시 죽은 친구랑 친한 친구였다. 광주로 진학했던 고등학교 2학년 겨울방학 때였다. 대학에 진학할 형편이 못 되어, 많이 방황했던 그 친구와 시골집에서 만나, 우리는 그길로 오심재를 넘어 대흥사로 갔다. 해가 막 질 무렵에 집에서 길을 나선 우리 둘은 밤 열두 시 정도가 훨씬 지나서야 오심재에 다다랐는데, 달빛 아래 억새꽃이 산발해 있었다.

이렇듯 억새는 내게 억달이고, 그것은 내 살갗을 베어오는 아픈 꽃이다.

2010년 가을

살구나무집

어젯밤에는 친구들과 술을 마시고, 밤길을 걸어 혼자 사시는 읍내 이모 집에 가서 잤다.

이모가 꼬치꼬치 물었다. 뭐 하고 다니느냐고. 밥은 먹고 다니며, 빨래는 어떻게 해 입는지, 집은 깨끗이 단장하고 사느냐고. 최근 이숙을 근처 요양원에 입원시키고 혼자 지내는 이모는 여든 살이 훨씬 넘었다. 그래서 당신 혼자 몸도 가누지 못할 나이에 많은 자식들에다, 시골집에 혼자 사는 조카 걱정까지 태산이다. 내가 말했다. 이모 잘 사시라고. 나야, 젊은 놈이 뭔 짓을 해서라도 밥 굶겠느냐고. 아침엔 매번 그랬듯, 된장국에 아침밥을 말아먹고 나왔다.

밤새 내리던 비가 개고 하늘이 말끔했다. 사무실이 있는 곳까지 걸어가기로 했다. 읍내 거리는 시골과 도시의 중간쯤의 분위기다. 텃밭이 있는 집도 있었고, 돌담이 남아있는 집도 있었다. 그렇게 사무실 쪽을 향해 걷다가 보니, 어느 집 담장 밑에 살구가 수북이 떨어져 있었다.

걸어 다니는 사람도 거의 없는 데다가 가끔씩 지나쳤을 사람들도 그것에 관심이 있는 사람이 없었던지 아무도 그것을 주워가지 않고 내 버려져 있었다. 그것은 내게 곧 신맛을 떠올려 입에 침이 고이게 했는데, 발걸음을 멈추고 그것을 주워 입안에 넣어봤다. 물컹하게 씹히는 맛이 나를 어렸을 때의 시골집으로 데려갔다.

열 식구 가까이 살았던 우리 집은 부엌 곁에 장독대가 있었고, 그곳을 덮고 있는 커다란 살구나무가 있었다. 이맘때, 꼭 이렇게 비 갠 아침이 되면 살구가 나무 밑에 툭툭 떨어져 있었다. 그러면 나는 나보다 세 살 더 먹은 형과 팬티 바람으로 살구를 주워 먹었다. 나무가 커서 한꺼번에 너무 많은 살구가 쏟아졌다. 동생들이 그렇게 살구를 맛있게 먹으니까, 누나가 그것을 주워서 '삐득삐득' 하게(반쯤) 말려서 쌀독에 재워뒀다가 두고두고 꺼내주기도 했다.

작년 이맘때 쯤엔 시골길 가 풀섶에서 빨갛게 넝쿨째 있는 산딸기를 본 적이 있다. 그곳에서 역시 마찬가지였다. 그저 스쳐 지나갈 뿐, 아무도 딸기에 관심이 없었다. 그때나 지금이나 비 갠 아침에 떨어지는 살구나 길가의 산딸기는 똑같지만 사람들의 마음이 변한 것이다.

2011년 여름

백운동에 갔더니

두 번의 태풍이 지나가고 난 뒤, 다른 태풍이 또 몰아올 거라는 날, 월출산 밑 백운동별서에 가 봤다.

입구 숲길에는 사람들의 발길이 닿은 흔적이 없었다. 굳게 닫힌 대문을 열고 들어서니, 전기세와 세금고지서가 대문 앞에 떨어져 있었고, 주인 잃은 개 두 마리가 열린 안방 문을 들락거리다 토방 위에 버티고 서서 컹컹 짖어댔다. 그곳은 지난봄, 이 집을 처음 지었던 이담로의 12대손 이효천 옹이 혼자 사시다 돌아가신 지 한참이나 지난 뒤에 발견된 방이다. 숨이 멎은 뒤로도 내방객들이 그런 줄도 모르고 지나쳤던 곳이자 상을 치른 뒤로는 아무도 살지 않는 집이다. 아직도 개는 그 방문을 들락거리며 주인을 지키고 있었다. 개가 그렇게 살아있는 것은 들머리 집에서 단정한 텃밭을 일구며 사는 사람이 날마다 밥을 챙겨주고 있기 때문인 듯했다.

돌아가신 노인이 생각났다. 내 첫인사에 노인의 반응은 짐짓 퉁명스러웠다. 저놈은 또 나한테 무엇을 얻어가려고 저러나? 하는 경계의 눈빛이 역력했다. 노인은 집에 있던 고문서를 여러 사람에게 이런저런 인연으로 빌려주고 돌려받지 못했다고 했다. 해서 나는 이곳이 고향인데, 도시에서 살다가 하도 힘들어서 시골로 살러 왔다고 했고, 그분은 그 말을 듣고 슬그머니 마음을 열어줬다. 늘 술에 취해 계셨다. 그래서인지 찾아갈 때마다, 예전에 봤던 내 얼굴을 보고도 누군지 잘 모르셨다. 귀도 어두워서 큰 소리로 몇 번이나 반복해서 어디 사는 누구라고 말을 해야 그분은 비로소 목소리를 바꿔 다정하게 나를 대해주셨다.

그 좋던 정원은 쑥대밭이 되어 있었다. 그래도 꺾인 가지에서 새 잎들이 돋아나고, 무화과도 열렸고, 상사화가 피어올라 있었다. 물이 불어 유상곡수流觴曲水도 졸졸 흘렀다. 백운유거白雲幽居라고 쓰인 편액은 누군가가 보관하려고 떼어간 듯했다. 많았던 닭도 없어지고, 그들이 똥을 쌌던 자리에 잡풀들이 무성했다.

월출산을 올려다볼 수 있는 정자에 올라서자 구정봉 쪽에 옥판봉이 모습을 드러냈다. 새하얀 월출산 바위들은 짙은 나뭇잎들 사이에서 유독 도드라져 보였고, 그 사이로 구름이 흘러 다녔다.

옛일이 후회됐다. 내가 그곳에 갈 때마다 컹컹 짖어대는 개들이 너무 많았고, 닭들이 똥을 싸대며 이리저리 돌아다녀서 늘 민망했다. 그래서 속으로 흉을 보기도 했었는데, 오직 그것들이 깊은 계곡에 혼자 사는 노인의 친구였을 거라는 생각 때문이었다.

그 아름다운 집이 비어 있는 것이 안타까웠다.

2012년 여름

제주에서

　제주도에 자주 갔었다. 한라산 중산간 지역에서 4·3항쟁 기념식이 열렸던 때 가 봤던 그곳 외진 마을 돌담 밑에 툭툭 떨어져 있었던 동백꽃이 좋아서였다. 남매지간에 누이를 사랑하는 마음을 품었다가 낭떠러지에서 떨어져 죽었다는 오빠의 이야기가 담긴 수월봉도 좋았고, 남조로의 밤 풍경도 좋았다. 달빛이 내리는 밤에 남조로에서 차를 타고 가면 땅과 하늘 사이로 부드럽게 이어지는 오름의 선이 차창 가로 흘러갔다. 그러다가 언젠가 마라도에 마음이 많이 쏠렸다. 그곳에 있는 한 집을 본 뒤로다.

　그 집은 세찬 바람 때문에 지붕이 아주 낮았다. 집 안에서 겨우 사람이 일어설 수 있는 정도였고, 그런데도 좁은 공간을 옹골지게 나눠 지은 것이었다. 흙과 돌을 짓이겨서 벽을 쌓았는데, 그 흙에는 볏짚을 대신해서 그곳에서 나는 잔디 같은 마른 풀이 섞여 있었다. 비가 오면 지붕에 떨어지는 빗물을 받아, 걸러서 식수로 쓸 수 있게 만든 우물이 있었고, 재로 덮은 똥을 삭혀 쓴 흔적이 남아있는 뒷간도 있었다.

나는 허물어져 가는 그 집이 욕심나서 그 곁 슈퍼 주인에게 말을 건넸다. 슈퍼 주인은 '사지 않고 쓰는 것쯤이야, 나이 아흔 살이 넘은 주인이 한 해 전에 바로 곁 마파도에 있는 딸네 집으로 살러 갔으니, 담뱃값 정도만 주면 쓸 수 있을 것'이라 했다. 그래서 나는 돈을 들이지 않고 단장해서 촛불에 의지해 지내보려는 별의별 궁리를 다 해봤다. 하지만 제주에 들어가 살아봤던 선배 형의, '꿈, 깨!'라는 말을 듣고 생각을 접었다.

언젠가는 종일 그곳에서 마파도 딸 집으로 살러 간 그 할머니를 지켜본 적이 있다. 아흔 살이 넘은 노구를 이끌고 그분은 이따금 관광객을 싣고 다니는 배를 타고 섬에 들어와 물질을 한다 했다. 그분은 허리 높이가 넘을 정도의 물에는 들어가지 못하고, 얕은 곳에서만 물질을 했다. 할머니는 물 위에 뜬 농구공 만 한 공 주변에서 아주 가끔 자맥질을 했는데, 물에 들어갔다가 짧은 시간 후에 다시 물 밖으로 나오기만을 반복했다.

먼발치에서 그 모습을 지켜보며 종일 나는 그곳에서 놀았다. 눈앞에 보이는 것은 수평선뿐이었다. 물은 맑았고, 돌은 검었다. 돌들에는 구멍이 숭숭 뚫려 있었다. 파도가 거세게 밀려왔지만, 이내 그것들은 돌무더기들 사이에서 포말이 되어 부서졌다.

게들이 종종거리며 옆걸음을 치며 지나갔고, 움직이지 않는 듯해 보이는 작은 갯고둥을 들여다보니, 아주 천천히 움직이고 있었다. 돌 틈 사이로 개울처럼 물이 졸졸 흘렀고, 돌들은 그런 물을 흠뻑 빨아들이고 있었다. 고무 밑창이 붙은 운동화를 신고 있어서, 적당히 물에 젖었지만 미끄러짐이 없었던 그 돌들을 밟고 이리저리 뛰어다녔다.

　나무들은 키가 작았다. 높은 돌무더기 위에 앉아 있어도 물이 맑아서 한참이나 먼 거리의 물속과 물고기 들이 훤히 들여다보였다.

　2011년 여름

제2부

파도가 밀려와 달이 되는 곳

파도가 밀려와 달이 되는 곳
- 완도 정도리 구계등

  언젠가 문득 '바다는 알고 있을까?'라고 생각해봤다. 짧은 삶을 살아오는 동안, 내게는 아픈 사연들이 많았는데, 그것은 누구에게도 말하지 못할 것들이다. 바닷가에 살고 있어서 완도 정도리에 자주 가는데, 그곳은 넓고 깊어서 모든 것을 품어줄 것 같아서다. 그곳이 내 아린 마음을 알아차려 뭐라고 한마디쯤 건네줄 것 같았다. 하지만 바다는 철썩거리며 파도로 다가와 부딪치다 멀어져 갈 뿐, 말이 없었다.

  완도 정도리 구계등 정취를 담은 소설을 읽은 적이 있는데, 그 숲속의 아늑한 분위기에 대한 묘사가 아른거린다. 해안을 따라 길게 난대수종들이 우거진 숲을 지나면 멀리 남쪽의 여러 섬이 떠 있다. 횡간도, 보길도, 노화도, 소안도, 그리고 불근도, 대모도, 소모도, 청산도…

  섬들은 저마다 사연들을 품고 있다. 아주 오래전, 그곳엔 사람들이 많았다. 땅이 없어서 바다가 밭이었고, 사람들은 다닥다닥 붙은 움막 같은 집에서 갯것에 의지해 살았다. 날이 저물면 아이들은 바다로 간 어머니를 기다렸고, 배가 고파서 풀이 죽어 있었거나, 그래서 오히려 더 큰 소리를 지르며 놀기도 했다. 그런 아이들이 겨드랑이에 털이 돋아 뭍으로 나갔고, 도시의 습성을 배워 저마다의 밥벌이에 골몰하다가 지금은 어느덧 중년이 되어 반백의 머리카락을 이고 살아가고 있을 것이다.

그들의 세상살이만큼이나 구계등 조약돌은 닳고 닳았다. 그것은 몽돌인데 달이 뜨는 밤이 되면 그것들도 검은 달덩이가 되었다가, 달이 지면 그들도 스르르 어둠 속으로 빨려 들어간다. 구계등 조약돌은 어느 하나 같은 모양이 없다. 같은 모양이 없듯, 같은 사연도 없다. 예전이나 지금이나 우리 사는 모양도 그렇다. 말 못할 걱정거리들은 누구나 한두 가지씩 갖고 있고, 그 모습은 비슷해 보이지만 서로 다르다.

둥글둥글 살자는 말에 더해, 껄끄럽게 다가오는 불규칙한 진폭들까지 고려해야 한다고 들었다가, 이제 세상은 사람이 알 수 없는 거라고도 들었다. 도대체 알 수 없는 사람의 일이라니, 구계등 몽돌밭으로 밀려드는 파도는 그런 사연들을 끝도 없이 밀고 온다.

그곳에서 생각해봤다. 내게 닥친 시련을 모두 한꺼번에 뛰어넘을 수 없으니 구렁이 담 넘어가듯 하나하나 슬그머니 타고 넘어가자고. 수천 수만 년의 세월 동안 밀려온 파도가 저 고운 몽돌들을 만들었느니, 나는 더 얼마나 닳고 닳아야 저처럼 고운 삶의 모양을 되찾을 수 있으려는지.

해와 달이 뜨고 지는 곳에 돌들이 모여 산다. 때로 파도가 제법 기세 좋게 달려들지만, 돌들의 몸뚱이에 다가와 이내 그것은 한낱 부질없는 포말이 되어 부서진다. 구계등의 시간은 그 끝없는 반복이다.

몸이 힘들 때도 종종 그곳에 가서 온몸의 신경을 곤추세우고 자박자박 그 몽돌밭을 걷는다. 내가 어디로 가고 있는지, 어디로 가야 하는지 모를 때, 둥근 돌 위에 모로 눕거나 발을 펴고 앉아 바다를 바라본다. 그러다가 심심해지면 가끔 그 작은 돌 하나를 주워, 저 먼바다에 던져본다.

2011년 겨울

어디서 무엇이 되어 다시 만나랴

　사는 동안 나는 배우거나 전해 들었던 말들을 내 몸에 받아들이는 일이 버거울 때가 많았다. 그래서 누구나 그렇듯 내 몸의 감촉, 즉 눈과 귀, 코, 혀와 피부의 접촉을 통해 받아들인 것에 대한 애착이 훨씬 더 강하다. 생일도는 이런 내가 몸을 움직여 두 시간 정도에 가 닿을 수 있는 곳에 있다.

　강진에서 차를 타고 출발해, 예전과 달리 지금은 다리가 놓인 고금도를 지나 약산도에 도착해서 당목항에서 배를 타고 삼십 분 정도 가면 그 섬에 가 닿을 수 있다. 그러므로 나는 그곳과의 일체감이 육체적으로 더 먼 거리에 있는 다른 사람들보다 훨씬 더 짙다고 할 수 있다. 그 섬에서 태어나 그곳에 태를 묻은 사람들은 나보다 더할 것이다.

　물 위에 떠다니는 기름처럼, 때로 우리는 있지 않은 것들이 있기를 바라지만 둘은 서로 어울리기 쉽지 않다. 뭍에서는 늘 바다가 그립고 바다에서는 또 육지가 그립다. 내 몸 가까이에 있는 것들은 이내 싫증이 나기 쉬워서 늘 새로운 것을 갈망한다. 섬은 그것들 사이, 즉 육지도 아니고 바다도 아닌 점이지대다.

　그곳에 있는 학서암이라는 절은 천년도 더 전에 세상을 구제하고자 세워졌던 구산선문 중 맨 처음으로 세워진 장흥 보림사의 말사다. 그 모퉁이에 스님이 내놓은 조그만 나무 의자 하나가 놓여 있었다. 그것은 남쪽 바다를 바라보고 있었고, 앉아 보니 섬들이 너무나도 정겨워서 손을 뻗쳐 붙잡고만 싶었다. 그 하나는 마치 거대한 고래가 등허리를 드러내고 다가오는 것 같았다.

　섬 한가운데 있는 백운산 정상으로 오르는 산길에서는 간혹가다 고사리를 꺾는 사람들만이 하나둘씩 눈에 띄었을 뿐 온통 사위가 고요했다. 정상 바로 코밑까지 난 임도는 편리했다. 오랜 장마 뒤에 비추는 봄 햇살이 발 아래 새싹들을 따뜻하게 내리쬐고 있었다. 건너편 산 능선엔 연록색 이파리들의 향연이 펼쳐지고 있었다. 먼바다 위로는 희뿌연 안개가 펼쳐져 있었다. 정상에 올라 바라본 사방은 바다와 섬들뿐이었다.

　이곳에서 태어난 소설가 임철우의 작품 '그 섬에 가고 싶다'에 생일도가 나온다. 6·25 때 나주부대가 완도 사람들을 학교 운동장에 모아놓고 좌익과 우익으로 편을 갈라 반대편 사람들을 총살해버렸는데, 그 시신이 생일도 앞바다에까지 떠내려왔다는 무서운 이야기다. 산꼭대기에 앉아 섬들을 바라보고 있자니 그런 슬픈 이야기들도 섬들처럼 꼬리에 꼬리를 물고 이어졌다.

　소작쟁의 사건이 일어났던 곳은 저기 멀리 보이는 소안도. 쉽게 물이 빠져버리는 섬의 토질을 이겨내려고 구들장 논을 만들어 쌀 농사를 지었다는 청산도. 서른을 갓 넘긴 나이에 형장의 이슬로 사라진 완도 민란의 주인공 허사겸이 봉기를 일으켰던 곳은 저기 저 상황봉 아래. 대흥사가 깃들여 있는 두륜산도 어슴푸레하게 건너다보였다. 또 장보고의 천관산을 넘어 더 멀리는 금산과 녹동으로 이어진다.

　섬들은 저마다의 다른 사연들을 갖고 있다. 사람들도 마찬가지로 서로 다른 많은 사연을 안고 산다. 나 역시 그렇듯 먹고 마시고 숨을 내쉬며 살아가는 동안 내게 다가온 힘든 사연들이 헤아릴 수 없을 만치 많다. 김광섭의 시다.

　저렇게 많은 중에서
　별 하나가 나를 내려다본다
　이렇게 많은 사람 중에서
　그 별 하나를 쳐다본다

　밤이 깊을수록
　별은 밝음 속에 사라지고
　나는 어둠 속에 사라진다

　이렇게 정다운
　너 하나 나 하나는
　어디서 무엇이 되어
　다시 만나랴

　- [저녁에]
　2010년 봄

산으로 간 거북

- 미황사 부도밭 문양들

해남 미황사에 있는 부도에는 바다에서 사는 것들이 많이 새겨져 있다. 이것은 다른 절들과 뚜렷이 구별되는 미황사의 특징인데, 그곳에 갈 때는 물론 그렇지 않을 때도 줄곧 그 형상들이 떠올랐다. 밤과 낮, 분주할 때와 한가할 때, 혼자 있을 때와 사람을 만날 때를 가리지 않았다. 바다의 동물들은 왜 그 산으로 올라왔을까?

미황사가 있는 땅끝은 바다와 육지가 살을 맞댄 곳이다. 이곳에서는 산과 바위들로 줄기차게 내리뻗던 육지의 기운이 차분하게 가라앉고 바다의 풍경이 펼쳐진다. 이곳은 또 검은 물옷을 단단하게 껴입은 사람들이 뻘 속 깊이 발을 박고 바다의 밭을 가는 미끄럽고 혼탁한 곳이다.

미황사에서 입적해 적멸의 보궁에 들어선 선사들의 부도에 올라온 바다 것들의 목록은 이렇다. 거북, 십장생의 하나다. 게, 그 건너 섬에서 태어난 한 시인이 그 눈 속에 연꽃이 들어있다고 했다. 총총걸음으로 걷는 새도 있다. 또 앙증스럽게 아래쪽을 살펴보는 원숭이, 달나라에선 듯 방아를 찧는 옥토끼, 귀여운 황소 같은 도깨비, 사슴, 지느러미가 큰 물고기...

절에 깃든 천년의 시간을 보여주려는 듯 탑들엔 이끼가 두껍게 끼어 있다. 부도들은 임진왜란 때 사바세계를 구제하겠다고 군대를 일으켰던 스님들의 것이다. 그들은 전란이 끝난 뒤, 지내던 묘향산에서 사명대사를 따라 대흥사로 옮겨오셨던 분들이다.

부도에 문양으로 새겨진 것들은 대부분 이 지역 연안에서 살던 것들이다. 서부도의 하나는 풍화에 약한 돌을 쓴 때문인지 거기 새긴 문양은 물론 주인공의 이름조차 말끔히 지워져 버렸고, 그래서 앙상한 뼈만 남아 있다. 부도 중에서 유별나게 큰 탑신을 떠받치고 있는 한 거북은 만면에 천연덕스러운 웃음을 짓고 있다. 거북은 숲을 지나 대웅전 기둥의 주춧돌에도 올랐다.

대웅전 기둥 나무는 완도 섬에서 가져온 것이다. 수종을 알 수 없는 그 나무는 죽은 뒤로도 얼마나 많은 세월이 흘렀는지 미세한 결들마저 쩍쩍 갈라져 있다. 미황사의 백미를 느끼려면 그 뒤편에 있는 응진당에 올라가 창망한 바다와 일몰을 바라봐야 한다. 경내는 몸과 마음을 거북이나 게처럼 낮춰 어슬렁거려 볼 일이다. 절에는 백여 년 전, 미황사 스님들로 구성됐던 '군고대'라는 풍물패가 멀리 청산, 소안 등지의 섬을 돌아다니며 탁발을 하다, 그만 배가 난파되어 절의 사세가 기울기 시작했다는 이야기도 숨어 있다.

처음 절을 세울 때의 창건설화는 더 아련하다. 금인金人이 돌을 가득 실은 배에 불경佛經을 싣고 와서, 검은 소 등에 그것들을 지우고 상서로운 봉우리를 보고 올라가다가, 그 소가 가던 길을 멈춘 곳에 절을 세웠다는 것이다.

사람들은 현실 세계에서 이루지 못한 꿈을 이야기 속에 담았다. 미황사의 설화도 마찬가지로 현실과 비현실의 경계 속에 있고, 오래오래 말들로만 이어왔다. 하지만 이야기는 간절한 사람들에 의해 현실이 되기도 했다. 그렇게 간절하다면, 혹시 우리는 이 미황사의 이야기들 속에서 현세의 고난을 이겨내고 미래의 복락을 엮어갈 실마리를 잡아낼 수 있을지도 모른다.

지금도 거북은 부도숲을 지나, 대웅전 기둥을 타고 올라 산으로 가고 있다.

2010년 봄

매생잇국

연일 안개다. 밤마다 바다는 한숨도 자지 않고 따뜻한 김을 모락모락 피워 올리나 보다. 아침마다 일어나 둘러보면 산하는 온통 짙은 안개다. 눈은 아직 오지 않았다. 초겨울 시린 물결 위에 피어오른 안개는 흡사 초현실주의풍의 몽환적 분위기를 자아낸다. 바다 위의 흰빛에 선이 도드라진 산의 능선과 안개 위로 떠 오른 연봉을 보며 나는 안견의 몽유도원도를 떠올린다.

첫 매생잇국을 먹었다. 올해는 내가 고향에 돌아온 지 두 해째. 밥상에 오른 국을 후루룩 들이마시는 백련사 스님의 표정에는 만족감이 넘쳐흐른다. 촌에 살면서 이런 호사마저 누리지 못한다면 얼마나 쓸쓸할까? 밥상머리의 백련사 식구들은 시골에 살면서도 도시 삶의 테두리에서 벗어나지 못한다면 그것은 올곧은 의미의 시골살이라 할 수 없을 거라고 얘기했다.

밖은 추웠고, 안은 따뜻했다. 매생이의 뜨거움을 먹지만, 너무 뜨거운 그것은 입천장을 데워버린다. 짙은 초록의 매생잇국을 휘저으면서 옛날을 생각했다. 생각하면 아득한 환청 같은 시간들. 나는 왜 옛일만 떠올리면 코가 맹맹해지는지 알 수가 없다. 바다가 있는 동네에서 시집온 어머니는 행실이 무척 '이정스러우셨다'. 12월에서 1월 사이, 살을 에는 추운 계절에만 나는 이것은 마음이 차돌처럼 단단한 어머니가 가슴까지 올라오는 비닐 장화를 신고 개펄을 휘저어 겨우 몇 줌 뜯어온 것이다.

부엌 한 귀퉁이 쪼그리고 앉아 뻘이 잔뜩 묻은 그것을 채에 거르고 계시던 어머니께 물었다. 이것이 뭣이여? 그러자 어머니는 그날 오후 개펄에서 했던 자신의 노력에 심취한 듯 말했다. 매생이제, 뭣이여? 얼마나 맛있는지는 먹어 보면 알 것이라고 했지만, 나는 그날 밤 저녁 밥상에서 매생이의 진미를 알아보지 못했다. 식구 중 오직 아버지만 흡족한 표정을 감추지 못하면서 그 맛을 칭찬했다. 그것을 다시 본 것은 어머니가 돌아가시고 나서도 한참의 세월이 더 흐른 뒤, 도시의 어느 밥상머리에서였다.

시집살이 고된 살이 말도 못할 시집살이라는 말이 있는데, 그 가는 실오라기들은 어머니의 고난 같다. 칼바람 추위 속에서 '조새'로 쪼아낸 굴을 넣어 끓여낸 그것을 맘씨 모진 시어머니는 보기 싫은 며느리 먹고 입천장 데 버리라고 그냥 준다고 하지만, 어느 며느리가 그것을 몰랐을까.

흐린 물에서는 아예 나질 않는다는 매생이밭은 주변 평평하고 고운 바다에 펼쳐져 있다. 육지에서 흘러내린 흙이 몇억 년 동안 바다의 속살에 녹아나서 만들어진 뻘은 보드랍고 찰지기가 한이 없다. 거기에 넣는 굴은 날카롭고 단단한 껍데기의 속살이다.

매생이국을 먹는 겨울은 날선 추위 한가운데서 따뜻한 그 무엇을 그리워하는 계절이다.

2010년 겨울

새는 파도를 타듯 곡선으로 난다

- 해남 화원 고천암호

작정하고 찾아간 고천암에서 나는 기대했던 새들의 군무를 볼 수 없었다. 방조제 갑문과 갈대, 넓은 들판과 그사이에 펼쳐진 긴 물줄기가 나를 맞아줬다. 많지 않은 새들 무리가 한가로이 짝을 지어 물결 위를 유영遊泳하고 있었다.

갈대 빛깔은 아직 겨울이었지만, 들판의 사람들에게 봄은 이미 가까이 다가와 있었다. 트랙터를 몰고 논을 가는 사람들을 봤는데, 그들의 마음속엔 이미 여름도 훨씬 지나 가을까지 가득 차 있었을 것이다. 파종은 손으로 흩뿌리는 게 아니라 분무기로 했다. 아낙이 논두렁을 걷고 있었고, 검은 복슬강아지가 그녀를 따라다녔다.

고천암이 개펄 그대로였다면 얼마나 좋았을까. 하지만 이미 바다는 막혔고, 대신 갈대밭이 생겨났고, 새들이 온다. 갯것과 쌀농사 중 어느 것이 더 이익일까. 하지만 인제 와서 아쉬워해 봐야 소용없는 일이라는 걸, 우리 어머니는 '죽은 자식 불알 만지기'라고 했다.

갈대 속에서 새들의 지저귐을 들은 건 육안의 시선을 거두고 귀를 열면서부터였다. 이전에도 내 귀는 열려 있었으되 새 소리를 듣지 못했던 것이다. 새들이 이 가지에서 저 가지로 날며 재잘거리고 놀았다. 나도 그렇게 재잘거리고 싶었다.

마른 풀섶은 여자의 속살처럼 부드러워 보였다. 사방을 두리번거렸다. 큰 물길을 비켜선 소류지小流地에서 시간을 낚는 이들이 낚싯대를 드리우고 있었다. 멀리 논두렁을 태우는 불이 따다닥, 따다닥, 소리를 내며 연기를 피어 올리고 있었다. 갈대숲에서는 푸드득거리는 소리가 들려왔다. 제 몸의 기운을 주체할 수 없는 가물치가 수면 위로 솟구쳐 새처럼 날아오르는 것이었다.

새의 무리는 그리 많지 않았다. 꿩보다 두 배쯤 몸집이 큰 놈들이었다. 지난가을 벼 그루터기들이 남아 있고, 겨우내 보리나 독새기 같은 풀이 자란 논이었다. 새카만 것들이었다. 그들은 추운 시베리아에서 살다가 따뜻한 남쪽으로 날아온 가창오리 무리였다. 새들은 뜬금없이 나타난 이방인을 일제히 고개를 돌려 쳐다봤지만 놀라서 날아오르지는 않았다. 가까이에 있던 몇 마리만 잠깐 날아올랐다가 이내 다시 무리에게로 돌아왔다. 어떤 놈은 고개를 높이 치켜들고 뒤돌아 나를 쳐다보기도 했다.

새들의 비상飛翔은 직선이 아닌 곡선이었다. 그들은 회색과 청색이 섞인 먼 산 능선을 배경으로 파도가 치듯 밑으로 가라앉았다가 다시 위로 솟구치기만을 반복했는데, 그런 그들 중 단 한 마리도 서로 부딪혀 떨어지지 않았다.

2010년 겨울

물, 모든 것의 시작이자 끝

- 강진의 한가운데 구강포

인구 4만 명의 강진 땅은 크게 네 덩어리로 구분해볼 수 있다. 중앙에 해당하는 강진읍과 군동, 성전, 흔히들 북삼면이라 일컫는 병영, 옴천, 작천, 구강포를 중심으로 볼 때 동쪽 장흥에 맞닿아 있는 마량, 대구, 칠량, 그리고 서쪽 해남 쪽에 있는 도암과 신전이 그것이다.

그 가장 중심에 구강포가 있다. 강진은 탐진[耽津]이라는 옛 이름이 말해주듯이 제주로 가는 나루였다. 지금의 남포마을이 그 중심 포구였다. 그러니까 이곳은 한양에서 제주에 이르는 육지의 끝이자 바다가 시작되는 곳이다. 반대로 보면 바다의 끝이자 육지가 시작되는 곳이다.

지형상의 구강포는 남해 연안의 섬들 중 하나인 완도읍으로부터 내륙 깊숙이 30여 킬로 넘게 들어와 있다. 이곳으로 아홉 개의 강이 흘러들었다 해서 구강포라 했다고 한다. 그 바다로 날마다 밀물과 썰물이 들어찼다 빠지기를 반복한다.

이곳에 유배 와 살았던 다산 정약용 선생은 말하길 '가우도 안쪽의 구강포는 바다라기보다는 호수 같다' 했다. 이 말을 염두에 두고 구강포를 보면 실제로 그런 것 같다. 사람들은 보는 것을 알기도 하지만, 대부분은 아는 것을 보는 게 습관이기 때문이다. 강진 사람들은 이것을 마치 뜨락에 있는 연못처럼 눈앞에 두고 살아왔다.

물은 진리眞理와 도道의 대명사로 일컬어지기도 하고, 생명의 근원으로 얘기되기도 한다. 음양오행에서도 물은 어느 한 편이 치우치지도 않고, 차면 넘치고, 낮고 낮은 곳으로 스며들었다가 어느 순간 바람이 되어 승천했다가 이내 비가 되어 내려오는 그런 것이다. 가없는 윤회에도 비견된다.

그래서 선인들은 물을 바라보는 것을 진리의 탐구와 동일시했다. 진리를 관조하고, 체화하고, 마침내 그것과 하나가 되기를 소망했던 것이다. 옛 그림에 흔한 '고사관수도', 어디에든 흔한 '관수정', 여름날의 '탁족'에서 이를 떠올려볼 수 있다. 물은 한없이 부드럽고 부드러우며, 형체가 정해져 있지 않고, 바람으로 떠도는 것, 어디에든 있는 것이다.

우리나라의 전통가옥이나 공공건물 등에는 연못이 많이 있다. 그중에서 강진에 있는 정원들을 살펴보면 유별나게 물을 많이 아꼈다는 사실을 알 수 있다. 다산 정약용이 유배 와 꾸미고 살았던 다산초당, 지금은 사라지고 없는 도암면 덕룡산 밑자락의 농산별업, 다산의 애제자 황상이 살았던 백적산방, 월출산 밑 원주이씨 친구의 집 백운동별서 등이 모두 물을 아주 깊숙이 끌어들여 지었다.

도암 만덕산 백련사에서 보면 바다로 열린 시야 한가운데에 대섬이 떠 있어서 굳이 달이 뜨지 않아도 달이 떠 있는 것처럼 보인다. 지금 그 섬에는 산벚꽃이 만발해 있다. 여기에 실제로 달이 뜨면 하나는 하늘 위에 또 있고, 다른 하나는 물속에 떠 있는 것처럼 보인다. 건너편으로는 천관산이 보인다.

세상이 혼탁했던 고려 시대 말, 일군의 지식인이자 변혁의 주체들이었던 스님들이 결사를 맺었던 곳이 지금의 백련사다. 그들은 매일같이 혼탁한 세상을 정화하려는 염원의 차를 마시며 물을 바라봤다.

강진 땅의 한가운데에 있는 구강포는 그런 곳이다.

2010년 봄

활 혹은 누나의 젖가슴 같은
- 해남 산이면 황토 흙밭

오랜만에 날을 잡아 황산과 문내면을 거쳐 화원반도를 돌아 산이면의 황토밭을 쏘다니던 날은 유난히도 긴 봄장마에 하늘이 잔뜩 흐려 있었고, 멀리 보이는 풍경은 안개에 가려 잿빛 승복처럼 희미했다. 바람은 상쾌했다. 어디를 가나 차를 타 버릇하는 습관 때문에 부득불 창밖의 것들과 단절될 수밖에 없었지만, 내 눈과 마음은 바깥 풍경에 꽂혀 있었다.

촉촉한 봄바람은 처녀의 바람끼를 불러온다고 했다. 실제로 그랬다. 겨우내 수틀 바구니를 들고 친구들과 이집 저집 부엌방을 전전하며 어울렸던 처녀들은 꼭 새싹이 솟아오르던 이 무렵 홀연히 봇짐을 싸곤 했다. 식구들이 아직 혼곤한 잠에 빠져 있었을 이른 새벽이었을 것이다. 그 길은 동네를 나와 구불구불한 S자 모양으로 신작로로 이어져 있었다.

그 뒤로는 아득한 세월이었다. 그러면서 우리는 모두 가난의 굴레를 조금씩 벗기 시작했다. 아파트와 빌딩들이 높아졌고, 도로도 새로 뚫리고, 시골에 살던 사람들이 도시로 몰려들었다. 그리하여 이제 밥 굶는 사람은 없는 세상이 되었고, 심지어 어떤 이들은 이제 가난하게 살자고까지 한다.

하지만 나의 어린 시절은 너무 가난했기 때문에 없이 사는 공포가 내 마음 깊숙이 자리 잡고 있다. 식구들도 마찬가지로, 도시에 사는 누나는 매년 가을이면 꼭꼭 시골집에 부탁해 일 년 치 쌀을 사다 쌓아놓고 먹는다. 누나 집의 좁은 현관 한쪽에 사시사철 쌓여있는 쌀 포대는 누나에게 일용할 식량을 넘어선 그 무엇이다.

누구에게나 성장기를 보낸 장소는 이후의 곳들보다 훨씬 강한 기억으로 남아 있다. 고향은 그런 곳이다. 그래서 도시의 뒷골목 소줏집에서 떠올리는 고향은 콧날이 시큰해지고 가슴이 먹먹해진다.

'황토'는 그런 고향의 이미지다. 한때 그것은 우리들이 손가락을 가리키며 함께 바라보던 상징이기도 했다. 그것은 우리들의 마음이 시에 닿아 있었을 때, 금지된 복사본 종이 위에 박혀 있었다. 그 무렵, 어둡고 침침한 삼십 촉 불빛 아래서 보았던 그의 시는 힘과 위안의 대명사이기도 했다.

황토길에 선연한
핏자욱 핏자욱 따라
나는 간다 애비야
네가 죽었고
지금은 검고 해만 타는 곳
두 손엔 철삿줄
뜨거운 해가
땀과 눈물과 모밀밭을 태우는

총부리 칼날 아래 더위 속으로

나는 간다 애비야
네가 죽은 곳
부줏머리 갯가에 숭어가 뛸 때
가마니 속에서 네가 죽은 곳

– 김지하 시, [황토길] 부분

　떠나간 누나들은 남의 집 식모살이로 서울살이를 시작했다가 이내 청계천의 미싱 공장이나 구로공단으로 흘러 들어가 살았다. 70년대에 중고등학교를 나와 80년대에 대학 생활을 한 나를 비롯한 우리 세대는 그렇게 벌어들인 누나들의 돈으로 자랐다.
　학교를 마치고 직장생활을 할 때도 나에게 누나는 든든한 후원자였는데, 내가 결혼을 하고 나서 새집을 장만할 때도 누나는 내게 모자란 액수만큼의 사채 돈을 빌려다 주기도 했었다. 그 누나는 내가 도시의 삶을 그만 내려놓고 고향에 가서 살겠다고 하자 극구 반대했다. '네가 어떻게…, 우리 집에서 대학 나온 사람은 너 하나밖에 없는데…'라고도 했고, '부부는 한데 살아야 한다'고도 했다. 도시와 시골에 따로 떨어져 살고 있는 내 부부 사이를 두고 하는 걱정이다.
　내가 아주 어렸을 때 해남 산이면 초송리로 시집간 고모 집에 난생처음 찾아갔던 때도 작년 이맘때였다. 보해 매실농장에 매화 축제가 열리고 있었고, 낮은 황토밭 능선도 그렇듯 곱게 뻗쳐 있었다.
　2010년 봄

팍팍한 생生의 고개 너머

- 대흥사 북미륵암 마애여래좌상

예나 지금이나 문화의 흐름은 권력의 중앙으로 멀어질수록 보편성보다 특수성이 짙게 나타난다. 우리나라뿐 아니라 전 세계적으로도 그렇고, 고래古來로도 그랬다. 흔히 중앙에서 가진 것들은 좋은 것으로 간주하였고, 변방의 것들은 촌스럽고 이질적인 것으로 치부되었다.

우리나라에 문화재 보호제도가 생긴 이래 많은 유적이 국보와 보물로 지정되었는데, 대흥사 북미륵암의 마애여래좌상은 이런 문화 권력의 이면을 여실히 들여다볼 수 있는 사례일지도 모른다. 그것은 오랫동안 산비탈에 방치된 불상에 불과했다가 1963년에야 보물이 되었고, 다시 40년이 지난 2005년에야 국보가 되었다.

북미륵암의 마애여래좌상을 설명하는 말들은, 온통 칭송 일변도이기 일쑤인 다른 유물들에 비해 심하게 편향적이다. 하체가 작게 표현되어서 비례가 맞지 않는다거나 목주름이 두 개뿐이라는 둥 부정적인 것들에서부터, 표정과 옷 주름이 어떻고 손가락이 어떻고 하는 세세한 표현들이 틀린 말은 아니다.

하지만 이런 표현은 북미륵암의 불상 자체보다는 우리나라의 다른 불상들과의 비교에서 나온 말들에 불과하다. 더 충실한 설명을 위해서는 대흥사라는 절, 북미륵암과 이 불상이 이 지역에서 차지했던 신앙과 문화적 위상에서부터, 역사, 지리적인 내력, 사람들과의 관계 등등의 덕목들을 더 넓고 깊게 살펴봐야 한다.

다른 곳들과 달리 이 지역에서 대흥사가 차지하는 위상은 무척 높았다. 북미륵암 불상은 이 대흥사의 가장 높고 그윽한 곳에 있었다. 사람들이 절에 갈 때는 언제나 정갈한 마음의 자세가 갖추어진 상태였고, 북미륵암에 갈 때는 더 그랬다.

사람들이 이를 보려면 도피안到彼岸이라는 다리를 건너고 큰 절의 경내를 지나서, 두륜봉 꼭대기로 향하는 암자에 이르러야 한다. 거기 은은한 암자 속 바위에 새겨진 무려 8m 가까이 높고 큰 불상 앞에 선 이의 느낌을 상상해보자. 지금처럼 우리가 쉽게 이곳에 다다르고, 정면에서 바로 볼 수 있는 사진이 아니다. 빈약한 하체는 그것을 보는 사람의 시선을 중심으로 해서, 가까운 것은 크고 먼 곳은 작게 보이는 원근법의 원리를 적용했다. 여느 불상들과 같이 유독 큰 머리, 양쪽으로 솟을 듯 치켜 올라간 눈, 굳게 다문 입이 엄숙미를 더한다.

지금은 형체를 모두 드러내도록 건물이 지어졌지만, 예전엔 상부의 광배 위 무늬가 가려져 있었다. 천상의 선녀들이 본존불의 상하좌우 네 곳에서 춤을 추듯 본존불을 우러르고 있다.

그 바로 서쪽 천상의 그곳에 삼층석탑이 우뚝 서 있다. 이 역시 암자 불상의 위치에서 능선과 탑의 형태를 잇는 선과 배면의 하늘, 그 각도를 감안해야 한다. 그 밑으로 아득히 큰절의 경내가 펼쳐져 있고, 정면 멀리 서쪽에서는 붉게 익은 해가 바다로 떨어지는 색의 향연이 펼쳐진다. 그런 파노라마는 이곳에서부터 미황사, 도솔암 연봉으로 이어진다.

　거기에서 산죽들이 덮고 있는 오솔길을 따라 조금만 더 가면 해남, 완도, 강진 등지의 팍팍한 삶들과 이곳을 이어줬던 고갯마루 오소재가 있다.

　2011년 겨울

하늘이 감춘 땅, 금쇄동

물살을 거슬러 정주定住를 결심하고 고향에 돌아온 나는 혈연과 지연을 내가 생존할 수 있는 근거의 하나로 생각하고 행동했다. 내가 작년 한 해 동안 했던 중요한 한 가지는 되도록 빠짐없이 집 안 시향時享에 참여하는 것이었다. 이런 나와 비슷한 처지의 귀향한 집안 아재와 들렀던 곳이 금쇄동이다.

고산孤山 尹善道 선생이 현산면 구시리와 만안리 일대의 독특한 지형에 매료되어 성을 쌓고 이곳을 경영했는데, 이름하여 하늘이 감춘 땅金鎖洞 이다. 작년 말 이곳을 처음 찾은 뒤로 나는 이곳 분위기에 빠져 며칠 동안 비현실적인 시간을 보냈다.

해남 사람 고산이 1640년, 귀양이 끝난 뒤 풍파에 찌든 몸을 이끌고 돌아와 이곳에 이름을 붙여줬다. 꿈속의 길지에 자신의 못 자리를 잡고, 계곡과 바위와 나무, 물과 바람들에도 이름을 붙였다. 그렇게 쉰넷에 들어와 10년을 살면서 남긴 그의 작품들(산중신곡)을 두고 지금 사람들은 국문학사에 길이 남을 주옥같은 작품이라고 칭송한다. 하지만 현실로 돌아봤을 때, 후손들이 그에 어울릴 만하게 살고 있나 하고 생각해보면 마음이 무겁다.

바로 곁에 있는 대흥사에는 사람들의 발길이 잦지만, 지척에 있는 이곳은 예나 지금이나 고요하다. 며칠 전에 갔을 때도 그랬다. 다만 그곳에 들기 전, 초입에 주차된 한 대의 대절버스를 보았는데, 앞 유리창에 '수연풍수'라 적혀있었다. 아마 서울 어디쯤에서 풍수지리를 연구하는 사람들이 현장을 답사하러 온 듯했다. 우리가 계곡 길을 따라 올라가는 동안 모두 등산복 차림에 자침을 허리춤에 단 그들 일행은 내려오고 있었다.

전통시대의 덕목, 그중에서도 물아일체物我一體라는 말은 조화와 원융이나 요즈음의 생태적 가치와도 연결된다. 금쇄동은 그 대표적인 사례라 할 만하다. 이것 말고도 이런 유적들은 우리 주변에 아주 흔하다. 그런데 정작 이런 자산들과 가까이에서 더불어 살고 있는 우리는 그것들을 하잘것없는 '삐비 껍닥' 쯤으로 여긴다.

하지만, 사람의 관심이 집중되길 바라는 것도 그다지 좋은 일은 아니라는 생각도 들었다. 사람들이 관심을 갖도록 하는 과정 중에 생길지도 모를 부작용이 걱정됐다. 차라리 금쇄동과 문소동, 수정동의 원림도 지금처럼 그냥 내버려 뒀으면 하고 생각해 보기도 했다.

같이 간 아재는 고향으로 돌아와서 최근 보길도에 있던 할머니의 묘를 이곳 구시리로 옮겨왔다. 집안 종손인데도 아들이 없이 딸만 셋을 둬서 버릇처럼 선조들에게 죄 닦음을 해야 한다고 말씀하시던 분이다.

금쇄동을 둘러보는 내내 나는 이제 아재가 돌아가시고 나면 다른 어느 누가 그 묘를 살필까 하고 마음이 착잡했다.

2010년 봄

남해 창망한 노을

- 해남 달마산 도솔암

이즈음 나는 지도를 종이 위에서 보는 게 아니라 인터넷 화면에서 본다. 가상의 세계를 제패하고 있는 검색시스템인 구글에서 지도 찾기를 해보면, 놀랄 때가 한두 번이 아니다. 지구의 모양을 빙 둘러서, 커서만 작게 혹은 크게 맞추면, 이 지상은 수십, 수백 킬로미터 저 높은 하늘 위에서 찍은 바로 얼마 전의 영상을 생생하게 보여준다. 태평양과 한반도, 이 후미진 땅끝 인근과 어지간한 집채는 물론 마당 가에 세워놓은 차의 종류까지도 알아볼 수 있으니까 말이다.

하릴없이 나는 그 지도에서 종종 내가 사는 집과 근처를 샅샅이 뒤져보곤 한다. 지도를 본다는 것은 그 간단한 축약의 형상을 뛰어넘어 무한한 상상의 세계를 보는 일이다. 그중에 발견한 한 가지 특이한 사실이 있는데, 이것은 종이지도로 보면 쉬 발견하지 못할 것이다. 강진 읍내에 가까운 다산초당과 백련사가 있는 만덕산에서부터 해남 송지 땅끝까지 반듯한 일직선으로 산봉우리가 이어져 있다는 사실이다. 더 자세히 그것을 들여다보면 영락

없이 거꾸로 뒤집어놓은 칼날 같다. 만덕산, 덕룡산, 두륜산, 달마산 연봉이 그렇다.

도솔암은 그 가장 끄트머리에 있는 작은 암자다. 오르는 길은 단 하나. 송지 면소재지에서 달마산 쪽에 있는 깊은 산골짜기 마을을 지나 등산로를 타거나 높이 솟은 군부대 안테나가 있는 쪽으로 난 산길을 타고 올라가는 곳뿐이다. 이곳 역시 아직 사람들의 발길이 뜸한 곳이다.

군부대 앞에 차를 세워놓고 20여 분쯤 호젓한 숲길을 따라가다 보면 어디에 이런 절경이 있나 싶게 예쁘게 도드라진 산 능선을 만난다. 가는 도중에 헬기장이 있는데, 사방을 둘러보기에 좋은 곳이다. 그 하늘은 거칠 것 하나 없는 청색인데, 이는 그 높이에서 기인하는 게 아니라, 주변에 더 높은 산이 없기 때문이다. 눈앞에 바다와 섬들이 펼쳐져 있다.

그 끄트머리 즈음에 이르면, 암자에 이르는 작은 석문이 열리고 거기 그곳의 내력을 알리는 허름한 안내판이 세워져 있다. 미황사를 세웠던 스님들이 그곳에서 수도하셨고, 정유재란 때 바다에서 패퇴해 도망치던 왜군들이 암자를 불태워버렸으며, 최근엔 한때 대흥사 진불암에서도 계셨던 청화스님께서도 용맹정진하셨던 곳이라고 적혀 있다.

처음 거기에서 석양을 본 뒤로 나는 매번 그곳에 갈 때면 시간을 맞춰 하루해를 다 보내고 황혼의 붉은 노을을 기다렸다 가곤 한다. 수평의 바닷속으로 해가 떨어진다. 거만하게 깎아지른 이 암벽은 달마대사의 기백처럼 우람하다. 수도승같이 앉아 있는 암자가 그 창망한 풍경을 바라보는 모습이 꼭 거친 달마 같다. 고개를 돌리면 바로 강진만과 완도, 멀리 천관산과 고흥 쪽 섬들이 보인다.

나는 이곳에 갈 때 가급적 혼자나 단출한 일행들과만 갔다. 때로 많은 사람과의 동행은 구경의 묘미를 반감시켜버리기 쉽다. 풍경 혹은 자연의 일부와 교감한다는 것은, 그저 아무런 생각 없이 무작정 그 어떤 것에 빠져 바라보는 것만으로는 부족하다. 대상에 대한 끝없는 관심과 애정, 간섭과 대화가 그것과 나와의 관계를 깊이 있게 해준다.

2010년 봄

사라진 땅의 역사
- 나주 반남고분

시골 마을에서 광주를 오갈 때, 나는 늘 차창 밖의 풍경들을 바라봤는데, 그중에서도 유독 시골과 도시를 오가야 하는 나의 궁핍한 밥벌이에 연관된 것들을 많이 봤다. 월출산을 지나면 펼쳐지기 시작하는 영산강과 주변 들녘에서도 마찬가지였다. 나는 왜 이런 생각을 했던 걸까?

문순태의 소설 '타오르는 강'에 이런 얘기가 나온다. 구진포쯤이었을까? 일제강점기 때 영산강 가 마을 아이들이 수시로 죽어나갔는데, 몸이 까맣게 변해서 죽곤 했다. 그 드넓은 대지의 한복판이었지만, 일제의 공출로 쌀을 모두 빼앗기고 집안에 먹을 것이 없었던 아이들이 배가 고파 강에 들어가 가재를 잡아 구워 먹었기 때문이다. 요즘의 디스토마쯤 되었을 것 같다.

나주에서 영암 사이 서해 쪽에 있는 반남고분은 그런 땅의 역사를 지켜봐 온 곳이다. 근래 들어서 나는 그곳을 지나며 특별한 여유가 허락될 때, 일대에 산재한 100여 기의 고분 중, 한 고분 위에 올라가 주변 풍경을 본 적이 있다.

그곳은 마치 높은 전망대 같다. 바로 곁에 백 미터 높이의 자미산 정상이 있다. 주변에 높은 산이 없어서 사방은 거리낄 것이 하나도 없다. 더 멀리 있는 나지막한 산들도 회색빛 농담으로 서로의 거리감을 알게 할 뿐, 시야에 들어오는 것 중에서 크게 부딪치는 것이 없다.

멀리 북쪽으로는 담양과 광주에서부터 흐르기 시작한 강이 나주 시내를 거쳐 저 멀리 구진포와 다시, 그리고 무안 몽탄으로 이어진다. 동강 쪽으로는 붉은 황토가 융단처럼 깔린 밭들이 보이고, 채 수확하지 않은 마늘밭과 검은 차광막을 씌운 인삼밭이 눈에 띄었다. 그 수평은 김제 만경평야에 있는 두승산에서 바라본 지평선과도 흡사했다. 산과 밭, 논과 마을들, 간혹가다 뾰족탑에 솟아오른 교회의 십자가도 보였다. 꼬막 껍데기를 엎어놓듯 옹기종기 붙어 있는 동네의 집마다 꼭 대밭을 둘러쳐서 바람막이를 해놨다.

근처 관광안내소의 안내판에는 그것들이 3세기부터 6세기까지 만들어졌다고 적혀 있다. 그것은 갈재 이남, 즉 전남권이 다른 지역과 뚜렷하게 구별되는 징표다. 그러다가 6세기 중엽부터 백제의 통치력이 미쳤다고 적고 있다. 글자로 전하는 역사가 거의 없는 부족국가에서 고대국가로 넘어가는 마한 시대 전후의 일이다. 그러나 글자가 다 무엇이랴. 그곳에 서면, 그리 어렵지 않게 땅과 강과 산이 사람들과 어우러진 시간의 궤적이 읽힌다.

그것은 역설이다. 그 거칠고 험한 역사를 흘러왔지만, 고분들의 형상은 하나도 모진 것이 없다. 바닷가에 구르는 몽돌이나 모래처럼 그것은 부드럽고 유연하다. 모내기를 하려고 논마다 물을 찰방찰방하게 채워둔 봄날이었다.

2010년 여름

제국의 꿈
- 해남 북평 방산리 장고분

해남 북평 방산리에는 국내 최대 규모의 장고분이 있다. 나는 이따금 해안도로를 타고 신전 사초리와 북일 내동을 연결하는 방파제를 지나 두륜봉 오심재를 바라보며 좌일 소재지로 들어서곤 하는데, 고분은 그 사이에 있다.

이 일대에는 여러 기의 고분이 더 있다. 나는 광주 첨단지구 장고분 바로 곁에서 살았던 적도 있고, 나주 영산강 일대의 고분에도 종종 가봤지만, 지금 내가 살고 있는 아주 가까운 곳에 이렇게 많은 고분이 있다는 사실은 까마득히 모르고 있었다. 찾아보니 이 일대에만 십여 기의 고분들이 분포해 있고, 삼산과 현산, 옥천에도 여러 기가 있다. 아직 알아내지 못한 것들도 있을 것이다.

고분은 국가체계를 형성하지 못한 부족 연맹체나 부족국가 시대의 무덤들이니까, 이것으로 추정해봤을 때 분명히 이 지역에는 국가체제에 버금가는 강력한 정치집단이 있었을 것이고, 그들은 일본열도와도 밀접히 연결되었을 것이라고 짐작해볼 수 있다. 그런데, 우리에게는 장고분에 대한 연구가 매우 부족하다. 일제 강점기에 이어 지금까지 강하게 자리 잡은 국가 혹은 민족주의에 사로잡혀 사는 우리에게 이것은 당혹스러운 존재였던 까닭이다.

하지만, 요즘 사람들이 들먹이기 좋아하는 유목 개념을 이 지역에 대입해보자면, 그 세력들은 해남과 강진, 완도를 구분하지 않았고, 심지어 일본과도 활발히 소통했다는 사실을 여러 흔적으로 짐작해볼 수 있다. 고대 시대에는 육로보다 바닷길이 더 좋았고, 이곳에서 닻을 올리면 어느 때인가는 바람 부는 대로 흘러 일본열도 어딘가로 도착했다고 한다. 또 다른 어느 바람을 이용하면 중국의 산동반도와 황하강 하류에 쉽게 가 닿을 수도 있었다고 한다. 그러니까 그들에게 있어 이 지역과 일본열도 남부는 이곳과 육지의 여느 곳보다 생활상 가까운 거리에 있었다고 볼 수 있다.

이렇게 봤을 때, 나는 이 지역 출신 해상왕 장보고를 신라 말이라는 어느 시기에 갑자기 혜성처럼 부상한 한 시대의 영웅으로 봐서는 곤란할 것 같은 생각이 든다. 역사적으로 이 지역에는 수많은 바다의 영웅들이 있었을 것이고, 장보고는 그 연속 선상에서 등장한 인물일 가능성이 크다. 그렇게 추론해볼 수 있는 것은 임진, 정유 양란 때 이순신 장군을 도와 해전을 승리로 이끌었던 이 지역 사람들의 눈부신 활약상을 보면 알 수 있다. 지금도 많은 사람이 얘기하는 '약무호남 시무국가若無湖南 是無國家'가 이를 증명하고 있고, 지금 그분들의 묘소가 대부분 이 지역에 있다.

하지만 우리들의 이 몹쓸 영웅주의의 습성은 이순신 장군을 기억하되 김억추, 정운 장군 같은 분들, 나아가 정유재란 때 옥천 벌에서 스러져간 이름 없는 수많은 사람들의 존재를 잘 알지 못한다.

그뿐만 아니라 우리는 이 장고분이 있는 이 일대, 그러니까 해남 두륜산과 영암 월출산, 장흥 천관산, 완도 상황봉 등 우리 몸이 깃들어 살아가고 있는 이곳의 이야기를 잘 알지 못한다.

2010년 가을

더그메

순천시 서면 추동부락에 있는 어느 집 대문간 위에는 '더그메'라고 불리는 특이한 형태의 구조물이 있다. 한국의 건축 구조물 중 정자와 비슷한 용도로 쓰이는 것이다. 하지만 정자가 다분히 유복한 사람들의 것이었다면, 이것은 보통 사람들이 '우리도 그들처럼' 즐기기 위해 만든 것이다.

이것과 유사한 용도로 모정이라는 것이 있는데, 그것은 들판 한가운데에 있어서 들일을 하다가 잠시 멈추고 새참을 먹거나 낮잠을 자는 곳이다. 이것이 여염집 가정으로까지 들어온 것이다. 이 더그메는 섬진강 주변의 집들에 많이 있고, 특히 소설 『토지』의 무대인 하동 악양 평사리에 더 많이 있다.

구조물은 집 본채가 아니라 대문이나 헛간 구실을 하는 본채 앞 건물에 지은 것으로, 그 건물 한 칸을 2층으로 만들어서 바닥에 나무판으로 토방마루를 들여놓은 것이다. 그래서 더운 여름철에는 들일을 하다 집에 들어와, 밥도 먹고, 이웃 사람들도 불러와 쉬기도 하고, 낮잠도 자며, 이런저런 이야기도 나누는 공간이다.

여름철이 지나면 이 공간은 쓸모가 없어진다. 그래서 겨울철에는 농약 통이며, 지푸라기, 농기구 등 온갖 자질구레한 것들을 넣어두는 헛간으로 쓰인다.

추동리에 있는 더그메는 만든 지 백 년쯤 됐다 했다. 담양 봉산이 고향인 장모님이 더그메라고 부른다고 했는데, 건물은 되도록 실한 목재를 구하고 흙을 발라 동네 목수 손재주지만 틈틈이 정성을 들인 흔적이 역력했다.

그곳에서 바라본 풍경은 한 폭의 그림 같았다. 밑으로는 굽어 도는 큰 내가 흐르고, 바람이 시원스레 불어왔고, 눈앞에는 산 능선들이 파노라마로 펼쳐 보였다. 그 계곡 계곡마다 동네들이 앉아 있어서, 사람들은 거기 앉아서 앞을 바라보며, 어디 동네 사는 누구는 어떻고 어디 동네 사는 누구는 어떻다는 둥 하는 이야기들을 나눴을 것 같았다.

2003년 봄

남도 사람들

- 강진 백련사 대웅전 벽화

강진 백련사 대웅전 천장에는 특이한 형상의 벽화들이 그려져 있다. 옛날 절에 불이 나서 250여 년 전, 다시 지을 때 그린 것이다. 그림들은 여느 불화를 대할 때와 다르게 친숙하게 다가온다. 그중 하나인 나한도라고 이름이 붙여진 그림이 특이한데, 다섯 나한들이 앉아 있는 모습을 그린 것이다. 이는 불화라기보다 이 즈음 우리 주변에서 흔히 볼 수 있는 만화에 더 가까운 형상이다.

조선 시대 후기인 영·정조 시대에 절정을 이뤘던 우리 문화의 황금기에 민화라는 형식의 민간그림이 크게 유행했었는데, 유려한 산수와 매란국죽 같은 화제를 주로 다뤘던 선비 화가들의 그림을 대신해 일반 대중들도 그림을 좋아하고 소장하길 원해서 생겨난 것이다.

이것은 그런 민간그림이 불가와 탱화와 뒤섞인 것이다. 색이나 형태, 인물표현 등이 일반적인 불화라고 하기엔 너무나도 천연덕스럽고, 민화라고 하기엔 나름대로의 격조가 있다. 다섯 분 나한들의 모습을 보노라면 천의무봉天衣無縫이라는 말이 절로 떠오른다. 백련사 홈페이지에 써 붙인 설명은 이렇다.

묘법연화경妙法蓮華經에서 보면 아라한들은 모든 허물이 사라지고 공부를 이루어 번뇌가 없고 자유로운 마음을 가지셨다고 한다…. 이 나한도는 각자 자유분방하게 딴짓거리를 하는 모습이 재미있다. 심지어는 잠을 자고 있지 않나, 조는 것은 기본이다. 특히 저 두 분 나한들은 달을 쳐다보면서 무슨 생각들을 하시는지 모르겠다.

이런 그림이 그곳 대웅전 천장을 빙 둘러서 20여 점이 그려져 있다. 이런 그림이 사찰 천장 벽화로 그려진 곳은 그리 흔치 않다. 그림처럼 이 그림을 그렸던 분僧侶 畵工의 상상력이 자유 분망했고, 또 그것을 그곳에 그리게 했던 중창주의 품도 컸을 것이다.

이런 자유 분망함이 이곳 남도 사람들의 성격적 특질이 아닐까 하고 생각해본다. 흔히 시골 사람들은 도시 사람들에 비해 그저 단순하게, 그러나 의義나 리理, 정情 같은 덕목들을 더 중시한다. 이런 점들이 이 지역 사람들의 일반적 성정 같다.

서남해안 지역의 대표적 총림叢林이었던 대흥사에서는 다른 큰 절들과 달리 불경은 물론 유가의 전적典籍들도 자유로이 받아들였다. 다산 정약용과 막역지우로 지냈던 아홉 살 연하의 아암 혜장선사의 삶을 보면 더욱더 그렇다. 그는 주역에 통달했었고, 대흥사의 젊은 학승 초의선사를 데려다가 다산에게 유가의 경전을 배우게 할 정도였으니 말이다.

대흥사와 초의선사, 다산 정약용과 아암 혜장선사, 고산과 공재 같은 인물들도 이런 맥락 속에 있을 것이다. 게다가 요즈음 우리 예술계에서 활발한 활동을 하고 있는 이 지역 출신 작가들과 그 작품들까지를 생각해보면, 이런 남도 사람들의 성향은 유전되지 않나 싶다.

2011년 여름

묘지 앞 쉼터

인적 없는 산속 깊은 곳에 피어 있는 4월의 동백꽃은 정말 고적하다. 묘지 앞에 있는 것은 더 그랬다. 그 밑에 있는 바윗돌에 걸터앉아 있다가 발견한 것이 이 바윗돌들이 놓인 모양이다.

나무 그늘 아래에 놓여있던 돌들이 그저 자연스레 있던 돌들이거니 생각했었는데, 그렇지 않았다. 자세히 보니 원래 그 자리에 있었던 자연의 바윗돌들에 덧붙여서, 그것들과 크게 다르지 않은 큰 돌들을 인위적으로 옮겨다 놓은 것이었다.

묘지 곁에 앉아서 쉴 수 있는 구조였다. 그러니까 이 쉼터를 만든 사람의 생각을 이렇게 유추해봤다. 후손들이 성묘를 왔을 때, 봉분에 절을 올리고 난 다음 곧바로 자리를 옮기지 말고 그 앞에 있는 그늘에 앉아 조금 더 앉아서 쉬어가라고 말이다. 쉬면서 가져온 음식물들로 단란한 음복飮福을 할 수도 있을 것이다.

묘지를 만든 사람은 다산 정약용의 외손자 방산 윤정기舫山 尹廷琦고, 묘의 주인은 자신의 부모 즉 다산 정약용의 외동딸과 그의 애제자다. 다산은 강진 유배 생활 동안 사귀었던 절친한 친구와 피로 이어질 사돈을 맺고 외손을 보았는데, 외조부의 일로 인해 그는 세상을 어지럽힌 무리에 의해 평생 야인으로 외롭게 세상을 떠돌며 지냈다.

세상의 명리는 물론 주역에도 밝아 '역전익속'易傳翼續이라는 책을 펴내기도 했던 그가 만들었던 이 쉼터는 그러나 그만의 독창적인 것은 아닌 것 같다. 얼마 전 해남에 있는 녹우당의 어초은 할아버지尹孝貞 묘를 찾았을 때도 거기엔 예의 그 너른 묘지 한쪽에 소담스러운 자연석 무더기들이 무리 지어 놓여 있었다.

실제의 현실보다는 가상의 세계와 공간에 더 목매여 지내는 우리에게 이런 공간의 조영 방식은 자못 시사하는 바가 크다. 이것은 현재 우리 생활의 여기저기에 놓인 벤치라 할 만한데, 이 그윽한 풍취에 비하면 현대의 벤치들을 너무 인공적이거나 불필요하게 많은 낭비 요소들을 갖고 있다. 하지만 그것은 세상 섭리에 두루 밝았던 이가 만들어낸 공간이지만, 섣부른 지식이나 기교와는 멀찍이 거리를 두고 있다.

탁족濯足의 계절, 긴 장마가 지나간 이 염천에도 이곳 동백나무 그늘 아래 바윗돌엔 더운 기운이 머물 틈이 없다.

2014년 여름

구례 수오당 백경 선생

15년 전에 세상을 떠난, 지리산 자락 구례읍 절골 백경白耕 김무규 옹이 생전에 수오당에서 거문고를 타고 계시던 한 장의 사진을 생각한다.

누구나 그렇듯 나도 그의 시선에 먼저 눈이 갔다. 일그러진 표정. 짐작하시는가? 그분이 타고 있는 거문고 소리는 우리가 기대하는 젊었을 때의 그것이 아니었음을 어렵잖게 짐작할 수 있다. 누마루에는 흰 먼지가 수북이 쌓였다.

노인의 얼굴에는 검버섯이 짙다. 가볍게 앞으로 허리를 숙여 금을 타는 한 손엔 젓대가 잡혀 있다. 누마루 저편 산허리에 쌓인 눈은 금방이라도 노인의 콧날에서 물방울이 떨어져 내리려는 듯하다. 하얀 도포 자락에 세워 붙인 유난히도 흰 동정, 어깨춤에서부터 시작해 목줄을 타고 넘어 반대편 어깨춤으로 이어지는 선은 날아오를 학의 날개 같다.

두 해 전 어느 날, 서울에서 문화유산 답사를 하며 지내는 선배에게서 연락이 왔다. 심하게 앓은 뒤로 문득 수오당을 찾고 싶다는 내용이었다. 기억은 날개를 타고 강물을 거슬러 올라갔다.

그 형과 내가 1995년 여름날에 들렀던 수오당의 백경 선생은 인사를 받는 둥 마는 둥 물끄러미 젊은 객들의 얼굴만 쳐다볼 뿐, 도무지 몸을 움직일 기력도 말을 건넬 기력도 없어 보였다.

판소리·북·가야금·대금 등등 당대에 이름을 날리던 국악계의 명인들이 무시로 출입했고, 자신에게 줄풍류와 거문고를 전수해주기도 했던 스승들의 흔적은 그저 먼 산봉우리의 그림자로만 떠돌고 있었다.

천석꾼의 아들에다, 열여섯 살에 매천 황현 선생의 손녀와 혼인했으니, 그 의기가 어땠는지는 짐작하고도 남음이 있었다. 금란회金蘭會를 조직해 항일의식을 고취하기도 했고, 북경 유학을 꿈꾸기도 했으나 중일전쟁으로 뜻이 꺾이고 말았다.

그렇게 고향에 온 그에게 부친은 단소를 쥐어 주었다. 평생을 단소 가락에 의지해 전국 팔도를 떠돌던 고창 출신의 추산秋山 전용선으로부터 가락을 배웠다. 죽신竹神으로 불렸던 선생은 평생 당신의 예를 돈과 바꾸지 않았다. 정악 산조에 능통했고 그로도 풀지 못한 한이 있어 산조 단소를 창안한 신기의 소유자였다.

그로부터 선생의 삶은 바람이었다. 한때 사학을 설립해 인재를 기르기도 했고, 국회의원으로 출마해 세상을 바로잡으려고도 했고, 향토사를 연구하고 지역의 여러 문화 사업에 뜻을 두기도 했지만, 그의 재산과 더불어 청운의 꿈은 바람처럼 흩어졌고 말년에는 구례문화원 뒷방에 의탁해 사셨다.

우리가 그분을 찾은 것은 그분이 돌아가시기 바로 며칠 전이었다. 신문기사로 선생의 부음을 들었고 얼마 후 경매 처분된 수오당이 어디론가 뜯겨갔다는 소식을 들었다.

2009년 가을

계곡에선 물고기를, 언덕에선 꽃을 보라

아침 일찍 지역에서 한학을 하시는 선생님께서 전화를 해오셨다. 그분은 지역에서 오랫동안 향토사를 연구해 오신 분이고, 내가 고향에 오자 불러 앉혀서 '자네는 다른 것일랑 할 생각 딱 접어버리고 집안 족보를 손금 보듯 좌악 꿰소'라고 말씀하셨던 분이다. 하지만 이래저래 그분이 하시는 공부 모임에 가지 못했었는데, 다시 연락해서 공부를 권하시는 거였다. 가보니 이웃 동네 사는 형이 가져온 문집 서문을 읽자고 했다. 내용은 이렇다.

士苟不得志也　선비가 진실로 원하는 삶터를 구하지 못했음에랴

早擇佳山水　　일찍이 산수가 아름다운 곳을 가려

結數間精舍　　서너 칸 정사를 짓고

琴一張筆一箱　거문고 한 자루와 붓 한 상자를 갖추고

醉以彈醒以記　취하면 거문고를 타고 깨면 글을 쓰고

臨溪觀魚　　　계곡에 들면 물고기를 보고

陟皐看花　　　언덕에 오르면 꽃을 보라

逍遙徜徉　　　뜻 가는 대로 하고
惟意所使　　　오직 뜻하는 대로 하라
此加謂好老人也 이렇게 하면 좋은 노인이라 할 수 있다.

봉황마을은 같은 면에 있지만, 동네가 아주 깊은 산골에 있다. 마치 퇴계 선생께서 말씀하신 '숨어 사는 이가 깃들여 살기 좋은 곳'의 조건을 두루 갖췄다. 해서 유배 온 다산선생께서는 해배를 생각하지 못하셨던지 장차 그곳에 사시려고 이곳에 땅을 사 두기까지 했다. 임진왜란 때 이순신 장군을 도와 왜군을 물리친 명나라 진린 장군의 후손들이 살고 있는 곳이기도 하다. 책을 가져온 형이 바로 그다.

그 집안에서 이런 글귀가 전해 내려오다니. 나는 그 형의 몇몇 행색을 보고 산골짜기에 처박혀 혼자 유유자적 농사를 짓고 사는 그의 성품과 내림을 지레짐작할 수 있었다. 처음 고향에 왔을 때, 하릴없던 내가 거의 해찰에 가까운 목공작업을 할 나무가 필요하다고 했더니, 최근에 돌아가신 아버지가 베어놓은 수년간 마른 편백나무가 한 트럭 있으니 가져 가 쓰라고 할 만큼 통이 큰 형이다.

책은 여느 집안에 전해 내려오는 것들처럼 고래의 시문들을 가려 뽑아 필사한 것들이고, 서문만 자서自書한 듯했다.

글에서는 진린 장군 후손들의 어딘지 모르게 쓸쓸하고 고적한 기운을 느낄 수 있다. '선비가 진실로 바라는 땅(삶터)을 구하지 못했음에랴'고 한 것은 지금의 나나 그 후손들도 잘 알지 못하는 가계의 어떤 속 깊은 내력이 스며있음을 짐작할 수 있다. 그렇게 깃들어 살 곳을 찾지 못했다면, 벼슬이나 재물 등, 거기에 애면글면할 게 아니라 빨리 그것을 단념하고, '일찍이 산수가 아름다운 곳을 가려, 서너 칸 정사(묵서의 정서가 있는 집)를 짓고', '거문고 한 자루와 붓 한 상자를 갖춘다'고 했다. 이 얼마나 기품 있고 고아한가? 그렇게 지내다 막걸리를 먹고 '술에 취하면 거문고를 타고 깨면 글을 쓴다'고 했다.

그 형의 지금 생활이 그렇다. 몇 년째 마을 이장인 그 형은 서울에서 직장생활을 하다가 이런저런 사정으로 혼자 귀향해 노부모를 모시고 살다가 최근 아버님이 돌아가시자 어머님을 모시고 농기계를 갖추고 적잖은 농사를 짓고 사는데, 그야말로 주태백이에 무랑태수다. 하지만 어떨 땐 성미가 여간 꼬장꼬장한 게 아니어서 말머리에 한 번 잘못 걸리면 술상 머리에 꼼짝없이 붙잡혀서 몇 시간은 기본이다.

그 형을 보면, '취하면 거문고를 타고 깨면 글을 쓴다'는 말이 그렇게 잘 어울릴 수 없다. 그런 글도 그저 끄적끄적하는 잡문 정도였으리. 하여 그렇게 '계곡에 들면 물고기를 보고, 언덕에 오르면 꽃을 본다'란 말은 봉황마을의 지세와 정취를 생각해보면 절로 고개가 끄덕여진다. '마음 가는 대로 하고 오직 뜻하는 대로만 하라'는 이 말은 글을 쓴 자신의 바람이자 그 한갓진 마을에 오래오래 깃들여 살아야 할 후손들에게 주는 경구 같다.

2012년 봄

제3부

바람도 울고 넘는 고개

돌아가 눕고 싶은 따듯한 방 한 칸
- 초의스님의 시 '고향에 돌아와서'를 읽고

　고향마을에 돌아온 지 두 해째, 코끝이 시큰한 초겨울 한기를 백련사 지대방에서 녹이고 있다. 여러 일로 바쁜 스님께서는 부러 시간을 내 내게 따듯한 방과 책장, 컴퓨터를 마련해주셨고, 이를 자료실이라 부르고 있다.

　눈앞에 보이는 바다를 고려 스님 진정국사께서는 호수라 하셨다. 천관산이 보이고 다산의 애제자 치원 황상이 깃들여 살았던 일속산방이 있는 천개산과 고려청자의 요람 사당리가 건너다보이고, 멀리 고금, 신지, 약산, 생일 같은 완도의 섬들이 보인다.

　어쩌면 비췻빛은 이곳의 바다와 산과 하늘에서만 얻을 수 있는 빛이었을지도 모르겠다는 생각을 자주 한다. 풍경들이 만들어내는 색깔은 계절과 시간, 날씨와 햇볕과 또다른 것들에 따라 천만 번이나 자주 바뀐다. 아침 해 뜰 무렵의 색깔은 세수하기 전과 후로도 다르다.

　어젯밤엔 아무도 없는 집에 혼자 들어와 군불 피우기도 귀찮아

지대방에 틀어박혀 서가에 꽂힌 몇 권 책 중 『초의선집』(김봉호역, 경서원, 1977)을 뒤적였다. 시는 그중 한편이다.

遠別鄕關四十秋 멀리 고향 떠난 사십 년 만에
歸來不覺雪盈頭 희어진 머리를 깨닫지 못하고 왔네
新基草沒家安在 마을은 풀에 덮여 집은 간데없고
古墓苔荒履跡愁 옛 묘는 이끼만 끼어 발자국마다 수심에 차네
心死恨從何處歸 중심을 잃었는데 한은 어디서 생겨나는가
血乾淚亦不能流 피가 말라 눈물도 흐르지 않네
孤乾更欲隨雲去 이 외로운 중 다시 구름 따라 떠나노니
己矣人生愧首邱 아서라 수구首邱한단 말 또한 부끄럽구나

「歸故鄕(癸卯) 고향에 돌아와서(계묘년)」

일지암에 계셨던 스님의 시를 읽노라면 만경萬頃이 묘연해진다. 깨달았다고 하는 분들이 흔히 남발하는, 이른바 도사연하는 표현이 전혀 없다. 시어들과 표현이 일상의 그것들과 하등 다를 바 없는데, 그런데도 스님이 그려내는 정경들은 깊고 깊은 숲속처럼 짙어서 그윽하기 그지없다. 그중 이 시는 스님이 출가하신 지 사십 년 만에 고향 집에 들렀던 느낌을 적은 것이다.

스님은 '사십 년 만에 멀리 떠났던 고향에', '머리만 희어졌지 깨닫지 못하고' 갔다고 적었다. 집을 나갔다가 사십 년 만에 돌아왔으니 아마도 부모님은 벌써 저세상으로 돌아가셨을 거다. 시구들을 보니 어렸을 때의 그 마을 역시 이즈음 농촌처럼 황량하기 그지없었나 보다. '마을은 풀에 덮여' 스님께서 태어난 '집은 간데없고', 선영을 둘러보니 '이끼만 끼어 있어 발자국마다 수심이 가

득'하다고 적는다. 얼마나 황량했을까.

　스님은 '피가 말라 눈물도 흐르지 않'는다고 했다. 또 시에는 스님이 없는 동안의 그 부재의 흔적들이 나타난다. 희어진 머리, 무성한 풀, 이끼 낀 묘가 그것이다. 아마 스님의 피가 말라 눈물도 흐르지 않는다는 표현은 사실이었을 것이다.

　누구나 마찬가지지만, 살다 보면 문득 어느 때인가 돌아가 눕고 싶은 방 한 칸이 생각날 때가 있다. 어머니의 숨결이 흐르는, 추운 겨울을 이겨낸 따뜻한 방 한 칸. 그 어떤 거추장스럽고 가식적인 나도, 세상도 모두 벗어버리고 그저 편히 한 몸 뉘고 싶은 그런 방 말이다. 스님도 일지암이라는 좋은 곳에 살았으면서도 어느 날 문득 생각났을 것이다. 나도 그랬다. 그리고 누구든 그런 꿈을 갖고 산다. 어느 날 문득.

　하지만 돌아온 고향은 유행가처럼 옛 고향이 아니다. 그리고 나서 스님은 다시 훌훌 털고 길을 떠난다. 스님은 수구초심이란 말도 자신에겐 너무 부끄럽다며 수도승이 아닌 인간적인, 너무나도 인간적인 표현으로 갈무리한다.

　깨달음은 이런 경계 아닐까? 너무 담백하다.

　2010년 겨울

슬픈 연민

백련사를 매일같이 드나들다가 스님께서 봄 행사(다례제)하는 일을 좀 거들어달라고 했다. 내가 근처 학생들을 불러 모아 아암과 다산이 거닐었던 이 아름다운 숲길을 걷게 하자고 하자, 스님께서도 흔쾌히 동의하셔서 '아암 혜장선사와 다산 정약용의 길'이라는 청소년참여프로그램을 준비하고 있다. 이곳이 고향이니 나는 이곳을 잘 안다고 생각했지만, 막상 교안을 만들려고 보니 눈앞이 깜깜했다. 해서 몇몇 자료들을 뒤적이던 중, 스님께서 건네준 논문 '다산과 혜장의 교유와 두 개의 「견월첩見月帖」(정민, 한양대 한국학연구소, 2008)을 보고, 무엇에 대해 안다고 하는 게 실은 얼마나 우매한 일인가를 새삼 절감했다.

가장 마음에 와닿는 게 다음 시편이다. 제목이 긴데, 간단히 '슬픈 연민' 쯤으로 불러보자. 전문은 이렇다.

깊은 거처 빗질 세수 게을리하여
어리 취해 낮잠만 늘어졌었네

산 사람 한 컬레 짚신 신은 발
문 앞에 나서길 즐기질 않네
불어옴은 더더욱 어려운지라
마치도 숲속의 현자 같았지
뜻밖에 만나자는 기별이 오니
희망 넘쳐 마음이 상쾌하였네
옷길 떨쳐 가파른 언덕 오르자
묏부리들 서로서로 엉켜있구나
이따금 풀섶 사이 열매도 따고
바위틈의 샘물도 자주 마셨네
간신히 기갈을 막아가면서
높은 산 다행스레 넘어서 갔지
흰 베옷 적삼을 나부끼면서
내려와 반갑게 맞이하였네
손들어 애썼다고 사례하고는
풀밭 앉아 정담을 나누었다네
산바람 불어와 비가 오는데
연기가 나는 듯이 바람 매서워
손잡고 절문으로 들어서려니
젖은 물기 자리 위로 배어들었네
다행히 촌 농막에 손님이 없어
내달리는 시내처럼 얘길 나눴지
나는 [시경], [서경], [역경]을 말하고
그대는 [화엄], [능엄], [원각경] 얘기
보슬비 허공에서 떨어지는데
주고받은 말은 모두 그윽도 해라

사방에선 쥐죽은 듯 꼼짝도 않고
천분에 감동하여 눈물 흘렸네
평생에 이마가 훤한 승려들
번번이 깨달은 체하는 엉터리였네
따져보면 붉은 대문 안쪽에서도
많은 손님 어지러이 어깨 부비며
이로 꾀어 서로 해칠 궁리가 바빠
기름불로 차례로 지지고 볶네
백 년 인생 골똘히 애를 쓰느라
즐거움은 단 한해도 못 누린다네
뉘라서 알리오 그대와 내가
저 멀리서 슬픈 연민 품고 있을 줄

이 시가 실려 있는 [견월첩]은 다산이 아암과의 교유交遊를 기억하기 위해 두 분 사이에 오간 서찰과 시들을 두 권의 책으로 만들어, 한 권은 자기가 갖고 한 권은 아암에게 준 것이다. 시는 다산이 쓴 것으로, 두 분의 교유를 마치 한편의 영상화면을 보는 것처럼 선명한 이미지로 떠오르게 한다.

아암 혜장선사는 다산이 귀양 와 강진에 살고 있을 때 서른다섯 살 젊은 나이로 대흥사 강원의 강백講伯을 하고 있을 정도로 학문이 뛰어났고, 선禪과 교敎 어느 한 편에 치우치지 않고 두루 취했다. 나아가 스님은 유儒와 선仙에도 조예가 깊어, 귀양 온 국중의 석학 다산과 두터운 정분을 나눴던 분이다. 다산보다 아홉 살이 적다. 마흔에 대흥사 북미륵암에서 입적하셨고, 다산은 그의 탑비명을 쓰면서, 선사께서 적멸寂滅에 드시기 전 '무단히, 무단히'라는 말을 읊조렸다고 적었다. '무단히'는 '괜시리'의 이 지역 사투리다. 혹자들은 이 말뜻을 선사께서 공연히 산문山門에 들어 인생을 허송했음을 애달파한 거라고 말하기도 하지만, 진의는 아무도 모를 일이다.

세수 삼십에 호남 명찰 대흥사의 강백이 된 스님의 학덕과 지혜를 말해 무엇하랴. 그래서 스님은 시쳇말로 위아래가 없이 유아독존했고, 이름난 고승들은 물론 당대 최고의 엘리트였던 대흥사 수좌들과도 원만치 못하게 지냈던 듯하다.

그런 아암은 다산이 강진에 귀양 와 있다는 말을 듣고 언젠가 한 번 꼭 찾아뵙고 정담을 나눌 기회를 엿보고 있었다. 그러던 중, 반대로 다산이 먼저 현계縣界를 넘어 멀리 대흥사로 찾아가 짐짓 자신이 누구인지를 숨기고 아암을 만났다. 아암은 이 촌로에게 거침없이 강설했다. 다산은 저런 안하무인 무불이 있나 하고 생각하셨다. 날이 저물자 다산은 귀로에 올랐다. 그런데, 십 리를 걸어오다가 북암이라는 곳에 이르자 아암이 뒤쫓아 왔다. '선생께서 어찌 저를 속이십니까? 선생님을 몰라 뵀습니다'고 하며 손을 잡아 이끌고 다시 대흥사로 가 하룻밤을 묵으며 그날 밤엔 역易 얘기를 주로 나눴다. 다산이 일갈해 기고만장한 아암을 경계하게 했다고 한다. 시를 더 자세히 살펴보자.

처음 귀양 가 읍내 동문 밖 주막집에서 4년을 지냈던 다산은 이를 안타까이 여겼던 혜장선사의 주선으로 읍내 뒷산 우두봉에 있는 고성사로 옮겨 지냈다. 여기서 다산은 다소간 심신의 안정을 되찾아갔던 듯하다. 도가 풍의 구절로 시가 시작된다. '빗질 세수 게을리하여 / 어리 취해 낮잠만 늘어졌네'라고 했으니까. 그러던 중 마음이 통하는 이(아암)에게서 '만나자는 기별이 오니 / 희망 넘쳐 마음이 상쾌하였네'라고 읊었다. 가히 동성연애를 하는 것처럼 그리워했음을 짐작할 수 있다. 두 분은 게이였을까? 해서 다산은 기다리지 않고 마중을 나간다.

'옷깃 떨쳐 가파른 언덕'을 넘고, '이따금 풀 섶 사이 열매도 따'면서, 또 '바위틈의 샘물도 자주 마시며' 기다리다가 '흰 베옷 적삼을 나부끼면서 내려와 반갑게 맞이'하였다고 적었다. 그러니까 다산은 선사가 오겠다는 기별이 오자 산문 안에서 앉아서 기다리지 않고 설레는 마음으로 미리부터 나와 산열매도 따고 기다림에 타는 마른 입술도 적셔가며 아암을 기다렸던 것이다.

그리고 둘은 만나 미처 안으로 들어갈 겨를도 없이 바로 그 자리, 그러니까 풀밭에 앉아 정담을 나눴는데, '산바람 불어와 비가 오'는 줄도 몰랐다. 하도 '연기 나는 듯이 바람이 매서워' 그제야 '손잡고 절문으로 들어서려니', '젖은 물기 자리 위로 배어들'었다고 했다. 둘은 옷이 젖은 줄도 몰랐고, 방 안 자리에 앉아서야 방석을 보고 그것을 알았을 정도로 서로에 심취해 있었던 것이다. 그 이야기는 방안에서도 '내달리는 시내처럼' 줄줄 흘렀다.

다산은 '시경, 서경, 역경을 말하고', 선사(그대)께선 '화엄, 능엄, 원각경'을 얘기하니 얼마나 아름다운가. 그 열락悅樂의 지경을 다산은 '보슬비 허공에서 떨어지는데 / 주고받은 말은 그윽도 해라 / 사방에선 쥐죽은 듯 꼼짝도 않고 / 천분에 감동하여 눈물 흘렸네'라고 적고 있다. 이어 다산은 수도승들의 허위와 위선을 질타하고, 이렇게 끝을 맺는다. '뉘라서 알리오 그대와 내가 / 저 멀리서 슬픈 연민 품고 있을 줄'.

이 시문이 적혀 있는 '견월첩'이라는 이름은 다산이 지었다. 원각경圓覺經에 달을 가리키면 달을 봐야지 손가락은 왜 보냐는 뜻의, 현상에 매몰되어 본질을 경시하는 것을 경계하여 '우리 둘이서 달을 보자'는 뜻을 담고 있다.

지금 다산초당에는 동백꽃이 짙고, 백련사 넘어가는 길에 있는 천일각과 해월루 마루에 올라보면 다산이 어렸을 때 수종사에 올라 형 손암 정약전과 함께 바라봤던 두물머리처럼 잔잔한 호수 같은 구강포가 보인다. 거기 밤이 들면 달이 떠오른다. 고성사와 사의재에도 두 분의 흔적이 남아 있다. 다산초당과 백련사를 잇는 숲길은 그런 두 분의 아름다운 만남이 오롯이 스며있는 곳이다. 아암 혜장선사께서는 다산과 이렇게 좋게 지내시다, 불과 마흔 아까운 나이로 입적하셨다.

‘무단히, 무단히’

2010년 봄

「제황상유인첩」題黃裳幽人帖 생각

연일 비다. 구강포의 봄은 볼수록 매력덩어리다. 저 대섬에 머잖아 산벚꽃이 아롱지겠고, 그 바다에 달이 뜨면 뱃놀이의 취흥이 궁금해질 것이다. 물안개가 짙다. 건너 대구 천개산 아래 백적동에 치원梔園 선생의 처소가 있었다. 보은산방에까지 함께 있다가 다산이 초당으로 함께 가기를 권했지만 그는 사양했고, 다만 스승의 말대로 살기 위해 일속산방으로 들어갔다.

하지만 지금 그의 흔적은 그리 확연히 드러나지 않았고, 몇 편의 글 외에는 유적 역시 남은 것이 별로 없고, 그의 유지를 본받으려는 노력도 거의 찾아볼 수 없다. 너무나도 안타까운 일이다.

최근 나는 우연한 기회에 강진을 슬로시티, 생태, 문화, 여성성의 도시로 만들자는 이야기를 들은 바 있는데, 그런 말을 한 사람들의 그 좋은 뜻만큼이나 그에 비견되는 절차나 과정, 현지 조사의 노력은 느껴보기 힘들었다. 하여 나는 슬며시 의구심이 든다. 서울에 사는 그분들은 지역을 도구로 생각하거나 지역에 사는 사람들을 지나치게 쉽게 생각하는 게 아닐까 하고 말이다.

　시골은 생태 문화적으로 살지 말라고 해도 그렇게 살 수밖에 없는 곳이다. 지금은 물론 예전에는 더 그랬다. 다산 선생이 일속산방으로 들어가 살려는 제자 치원 황상梔園 黃裳에게 써 준「제황상유인첩題黃裳幽人帖」에서 그 한 전형을 볼 수 있다. 제자는 스승이 써준 이 글귀를 금과옥조로 모셨는데, 글에 담겨 있는 치원의 삶을 보자.

　땅을 고를 때는 산수가 아름다운 곳을 얻어야 한다. 하지만 강과 산이 어우러진 곳은 시내와 산이 어우러진 곳만은 못하다. 골짜기 입구에는 깎아지른 절벽에 기우뚱한 바위가 있어야겠지. 조금 들어가면 시계가 환하게 열리면서 눈을 즐겁게 해주어야 한다. 이런 곳이어야 복지福地다. 중앙에 지세가 맺힌 곳에 띳집 서너 칸을 나침반이 정남향을 가리키도록 해서 짓는다. 치장은 지극히 정교하게 해야 한다. 순창에서 나는 설화지로 벽을 바르고, 문설주 위에는 고목이나 대나무 또는 바위를 그리고, 중간에 짧은 시를 써넣기도 해야지. 방안에는 서가 두 개를 설치하고, 서가에는 천 삼사백 권의 책을 꽂도록 한다. 책은 주역집해, 모시소, 산내원위, 고서, 명화, 산경, 지지, 해와 달에 관한 성력, 법칙, 의약을 상세히 설명하여 뜻을 밝힌 전의, 싸우는 훈련의 질련, 제도, 조사의 필요한 자금, 법도 일정한 형식, 푸나무, 새나 물고기의 계보, 농정과 수리에 대한 학설 바둑이나 가야금 등의 계보를 갖춘다. 책상에는 논어를 두고 그 곁에는 자단나무로 만든 의자를 놓고 중국의 도연명, 사방득, 두보, 한유, 소식, 육우의 시와 악보를 갖추고 우리나라는 여러 대의 임금들의 시집들을 갖춘다. (중략)
　책상 아래에는 오동烏銅 향로를 하나 놓아두고, 아침저녁으로 옥

유향玉蕤香을 하나씩 피운다. 뜰 앞엔 울림 벽을 한 줄 두르는데, 높이는 몇 자 남짓이면 된다. 담장 안에는 석류와 치자, 목련 등 갖가지 화분을 각기 품격을 갖추어 놓아둔다. 국화는 가장 많이 갖추어서 48종 정도는 되어야 잘 갖추었다. 할 만하다. 마당 오른편엔 작은 연못을 파야겠지. 사방 수십 걸음 정도면 된다. 연못 속에는 연꽃 수십 포기를 심고, 붕어를 길러야지. 대나무를 따로 쪼개 물받이 홈통을 만들어 산의 샘물을 끌어다가 못에다 댄다. 물이 넘치면 담장 틈새를 따라 채마밭으로 흐르게 한다. (중략)

스승이 써준 이 말들은 제자의 경구警句였다. 그는 스승의 말을 철칙으로 여기에서 한치도 벗어나지 않게 실천했다. 글의 마지막엔 이렇게 씌어 있다.

소나무 북쪽으로 작은 사립문이 나 있는데, 아래로 들어가면 누에 치는 잠실 세 칸이 나온다. 잠박을 7층으로 안쳐 놓고 매일 낮 차를 마시고 난 뒤 잠실 속으로 들어간다. 아내에게 송엽주 몇 잔을 내오게 해서 마신 뒤, 양잠에 관한 책을 가지고 가서 누에를 목욕시키고 실 잣는 법을 아내에게 가르쳐 주면 상긋이 서로 보며 웃는다. 문밖에 임금이 부른다는 글이 이르더라도 씩 웃으며 나아가지 않는다.

이런 선경仙境이 어디 있나? 그 열락悅樂의 지경은 어디로 갔을까? 자고로 어디에 이런 이야기가 있었던가? 지금 백적산방 터엔 그 아름다운 삶의 흔적이 세월을 따라 스러져 녹아내렸고, 사람들의 근접을 마다하듯 저수지 물 건너편의 그림자로만 남아 있다. 하나는 물 위에 실재하는 산이고, 또 하나는 물속에 잠긴 그림자다. 무릇 후손 된 자 그 이름을 현명顯名케 해야 하리니.

이 비 그치면, 꼬랑창에 불미나리 살이 찌겠다.

2010년 봄

보길도, 육지도 아니고 바다도 아닌 섬

- 새해 첫날, 보길도 1박

보길도에 다녀왔다. 연말연시라고 해서 유별나게 부산을 떠는 걸 그다지 탐탁지 않게 여기는 편이어서 생일이나 결혼기념일, 경조사나 각종 모임도 잊고 사는 축이지만, 그래도 한 번쯤 '변격의 현'을 튕겨보고 싶었다. 그곳은 소설가 임철우가 장편『봄날』을 썼던 곳이고, 내가 광주비엔날레 일을 할 때 최고의 스승이었던 하랄드 제만 부부를 모셔다드렸던 섬이고, 시인 강제윤이 고향에 들어가 댐 건설을 막으려고 오랜 기간 단식을 했던 곳이다. 고산 윤선도의 섬이기도 하다.

태평양으로 탁 트인 절벽 위에 서 보고도 싶었다. 하지만 사는 일은 늘 그렇게 계획대로 되지 않는 법. 폭설과 강풍으로 시계視界가 흐려서 원경遠景을 볼 수 없었다.

그 섬에 사는 한 형을 만났다. 2년 전 볼라벤 태풍이 불던 여름 병실, 한 달 동안 같이 지내며 온갖 얘길 나눴던 분이다. 부인 일곱을 두고 강진에서 살았던 할아버지의 손자로 태어나 섬에서 서럽게 자랐던 얘기, 일본으로 밀항해 살았던 얘기, 강제윤 시인이 단식할 때 얘기, 거친 파도를 헤쳐가며 사는 얘기들을 끝없이 나눴었는데, 두 해가 지났지만, 또 만나니 그런 얘기를 눈물 나게 들려줬다.

강제윤의 '동천다려'는 광주에 사셨던 김원자 국장님께서 '비파원'이라는 이름으로 문화컨텐츠 중심의 새 터전으로 일구고 계셨다. 주인은 입원 중이라 집을 비운 상태였고, 약속을 어기지 못하시는 그분께서 겸사겸사 동생 내외와 김대현(한문학), 이선옥(미술사) 가족을 보내셨고, 나 역시 일행이 있었는데, 남도 땅끝으로 그림을 그리러 온 두 수묵그림 작가(신태수, 김범석)였다.

세연정과 비파원이 있는 부황리에서 글쓴바위까지는 너무 멀어 망끝전망대로 갔더니 흡사 제주도 남원에서 바라본 바다 같았다. 남자들은 파도와 바위, 새와 섬, 구름을 뚫고 쏟아지는 원경을 더 좋아하는 것 같았고, 여자들은 거센 바닷바람에 납작 엎드린 나무와 동백숲, 낭떠러지로 가는 오솔길과 풀섶에 더 눈이 가는 것만 같았다.

김대현 선생님과의 얘기는 꿈 같았다. 옥소대를 오르는 숲길에서 우리는 산돼지가 파헤쳐서 버려진 묏둥을 보고, 이 정도에 이를 지경이면 파묘해서 화장을 하는 편이 더 나을 거라고 했다. 세연정 바로 앞까지 다다랐을 바다 황원포는 간척돼 지금은 쓸모없이 버려진 땅이 되어 있었다.

세연정에서 김 선생님은 우리 지역의 전통에 관한 연구가 너무 부족하다고 했다. 김 선생님은 윤이후를 비롯해 우리에게 미답未踏의 인물들이 너무너무 많다고 하셨고, 나는 누구보다 방산 윤정기의 연보만이라도 정리해서, 먼 대중들은 차치하고라도 집안 후손들이라도 우선해 볼 수 있도록 했으면 좋겠다는 말을 했다.

낙서재의 풍수는 열락悅樂이었다. 시골에 살러 오며 나는 고향 땅을 잘 아시는 풍수쟁이를 한 분쯤 찾아보고 싶었는데, 아직 찾지 못했다. 그런 분들이야말로 이 땅을 제대로 아실 거라고 생각했기 때문이고, 무엇보다 그런 생각을 글로 써보고 싶어서다. 고산 역시 내노라하는 당대의 풍수였으니 낙서재는 그런 곳에 지었을 것이다. 섬이지만 섬 집이라는 느낌이 전혀 들지 않았다. 그렇다. 보길도는 바다도 아니고 육지도 아니지만, 뒤집어보면 바다이기도 하고 육지기도 한 곳이다.

동천다려에 오르는 이들은 가뭄에 콩인 모양이었다. 늘 그렇듯우리들의 여행은 풍편으로 듣거나, 건너다보기, 그도 못해 차창으로 스쳐 지나가게 마련이다. 근래 완도군에서 두 채의 정자를 지어놓았다. 그 위 정자에 앉아 비파원에서 가져온 비파차를 나눠마셨다. 그 맛에 대한 얘기도 나누고, 내처 나는 내 이름으로 된땅 한 뙈기 없는 놈이 비파나무 묘목을 구해달라고 말해버렸다.

2월에 다시 낙서재 뒷산에 올라봐야지. 딸애도 불러야겠다. 아비의 일상에는 그닥 관심이 없고, 나와는 좋아하는 게 너무 다른서울 사는 대학생 딸에게 내가 생각하는 좋은 자리에 제 몸을 맡겨보라고 할 참이다. 대학도 떨어지고 군대 입영 신청에서도 두군데서나 떨어졌다는 친구의 아들도 불러와야지. 생강나무꽃이며, 복수초, 고사리, 송순도 봤다.

어떤 사람들은 낙서재에서 동천다려까지 도르래를 만들어 음식을 끌어다 먹었다는 사실을 들어 그의 호화생활을 비난하기도하지만, 사실 그곳은 그가 유가이면서도 도교에 심취해 지내기도 했다는 증표다.

예송리의 일출은 내게 지나친 사치 같았다. 내가 지금 거처하고있는 명발당은 서향西向이어서 도연명의 저녁 정취만 질리도록 그윽한데, 도대체가 아침이라니? 몽돌들과 파도와 섬들을 에워싸고있던 어둠을 뚫고 해가 솟아올랐다.

2015년 겨울

잊혀가는 우리들의 시간
- 완도 생일도

생일도에 다녀왔다. 어렸을 때 시골 이웃집 아짐 댁호가 약산댁이었고, 뒷등이라는 외진 곳에 생일댁이 살았는데, 지금은 얼굴도 기억나지 않는 그분의 고향인 그 섬에 가 볼 생각을 하게 된 것은 소설을 쓰는 선배 형이 태어난 곳이기도 했기 때문이다. 내가 고향으로 살러 간다고 하자, 반가운 한편으로 걱정이 태산이었던 그 형이 넌지시 어렸을 때 자신이 올라가 보곤 했던, 섬 가운데에 있는 그 산에 올라보라고 일러줬다.

어느 이른 봄날, 백련사에 사는 젊은 스님과 역시 젊은 보살님과 함께 그 섬에 갔다. 차를 갖고 고금, 약산을 지나 당목항에서 배를 타고 30분 만에 생일도 선착장에 가 닿을 수 있었다. 길가에는 생강나무꽃과 얼레지, 바람꽃도 피어 있었고, 고사리를 꺾는 할머니들이 산길을 오가고 있었다. 학서암이란 암자에 다다랐을 때에는 안개가 자욱했는데, 거기 스님이 내놓은 의자에 앉아 앞바다를 바라보자, 바로 앞 한 섬이 꼭 먼 데서 다가와 인사를 건네는 고래의 등 같았다.

백운산 정상으로 올라가는 길은 소담스러웠다. 올라가는데 15분 정도 걸렸는데, 거기에서 바라보면 고금, 약산, 신지, 완도, 금일 같은 섬들과 멀리 소안, 청산, 보길, 대모, 소모, 횡간 같은 작은 섬들이 다 보였다.

천관산이 멀리 보인다. 그곳 어디엔가 동학 농민전쟁 최후의 병사들이 독 안에 든 쥐처럼 몸을 숨기고 있다가 어린 소년의 돛단배를 타고 밤마다 이곳 여러 섬으로 피신했던 곳이다. 넙도는 선배 형의 소설 「곡두운동회」(임철우)에 나온, 6·25 때 완도 읍내에서 사람들이 처형됐을 때 시신이 떠다니던 곳이다. 또 완도는 서른네 살의 젊은 나이로 강진 병영에서 형장의 이슬로 사라졌던 완도 민란의 우두머리 허사겸의 묘가 있는 섬이고, 두륜산 오심재는 그런 반란의 주모자들이 어느 겨울 한 철 내내 밤마다 넘어 다녔던 고개다.

이 생일도는 지금 전복과 다시마의 고장이 되어 있다. 전복값이 좋으니 거기 사는 사람들은 집중해서 그 일을 한다. 그 외의 바다 일을 하지 않는 것은 물론 예전에 일궜던 섬 안의 작은 농토들은 이즈음 개체 수가 늘어난 멧돼지 때문에 다시마를 말리는 건조장으로 쓰고 있다. 예전에 더 깊은 산 속에 들어가 개간해서 농사를 지어먹었던 계단식 밭들은 이제 묵정밭이 되어있다.

그뿐인가? 동네들은 비어있고, 한 번 떠나간 사람들은 다시 돌아오지 않는다. 그 빈 집 양철지붕들이 녹슬어 있었다. 섬을 빙돌며 마을들과 골목, 주인 없는 집에 들어가 보니, 오래전에 이사간 집들은 물론 아주 최근에 그 집에 마지막까지 사람이 살았던 흔적들이 고스란히 남아 있었다. 고이 싸진 이불이며 금방이라도 주인이 나타나서 입을 것만 같은 옷가지들, 부엌에 쌓여 있는 그릇들, 반듯한 바닥, 뒷간, 마구간, 나무지게와 호미와 헤진 대바구니들이 그것들이다.

어느 집 후미진 벽장에는 한문 서책들이 썩어가는 채로 쌓여 있었는데, 중국 당시들을 서툰 붓글씨로 필사해서 만든 시집도 있었다. 어려운 경서들도 있었고, 편지나 사진첩, 관혼상제 때의 기록들도 습한 먼지 속에서 머잖아 곧 스러져 갈 날을 기다리고 있었다.

동네 집들은 대부분 바다를 향하고 있었는데, 옛집과 돌담들은 빠르게 없어지고 있었다. 나는 매년 몇 차례씩 그 섬에 가곤 하는데, 갈 때마다 섬의 모습은 하루가 다르게 변하고 있다. 같은 완도군에서 청산도는 없는 돌담도 군에서 돈을 대 새로 쌓는데, 생일도에서는 비어서 오래된 집들을 포크레인으로 밀어 마늘밭 같은 것으로 만들고 있다.

작년 여름에는 강진과 해남의 나무를 갖고 전시([남도南道의 미美_나무])를 꾸민 적이 있는데, 그중에 이 섬의 한 집 용마루도 전시 품목 중 하나였다. 섬사람들은 살림이 가난해서 변변한 집을 짓지 못하고 살았는데, 400년 전 한 부잣집에서 반듯하게 큰 집을 지을 때, 그 섬의 깊은 산에서 베 온 7미터짜리 소나무였다. 그것을 썼던 옛집 곁에 새로 양옥을 짓고 옛집은 사용하지 않아서 무너지고 있었는데, 재작년 큰 태풍에 그만 지붕이 폭삭 내려앉아 버렸고, 그래서 썩어 가던 것이었다.

섬 집마다 토방마루에서는 가까운 개펄이 보였다. 그런 집마다 많았던 동네 아이들이 동구 밖 사장나무 아래에서 놀다 지쳐, 바다에 나간 엄마를 기다렸을 것이다. 물때가 매번 달라서 아이들은 엄마가 돌아와 밥을 지을 시간을 잘 알지 못했을 것이고, 그렇게 배고픔에 지친 아이들은 잠이 들었을 것이다.

섬마을을 돌아다니는 동안 내내 불과 몇십 년 전의 마을 풍경이 영화처럼 선명하게 떠올랐는데, 그런 삶의 흔적들이 지금 이 시각에도 하루가 다르게 사라지고 있다.

2015년 봄

천국으로 날아오르고 싶었던 첫 마음

- 강진 도암 학장교회 서까래

구불구불한 언덕을 넘어 시골길을 걸었다. 거기에 나처럼 도시를 떠나 온 형이 살고 있어서 자주 가고, 다산초당이나 읍내에 갈 때 부러 반듯한 포장길을 놔두고 지나던 길이다. 길 언저리에는 선조들이 묻혀 있는 선산도 있는데, 봄이 되면 진달래가 흐드러진다. 학장리가 그곳으로, 그곳에 학장교회가 있다. 학장교회엔 아무도 없었다. 햇볕 따스한 겨울날, 살랑거리는 댓잎 소리를 들으며 나는 도둑고양이처럼 교회 안 여기저기를 기웃거렸다.

이 회당은 1937년에 지어졌으니 강진 도암에선 가장 오랜 78년의 역사를 갖고 있다. 강진의 교회 중 이렇게 오래된 건물이 남아있는 건 드물 듯한데, 그것은 무엇보다 이곳이 가난했기 때문이다. 지금 이 교회 신도는 할머니 일곱 분, 할아버지 한 분 이렇게 여덟 명이다. 목사님 한 분. 마을엔 열두 집(여섯 집은 창녕 조씨)에 열세 명이 사니까, 네 명 빼곤 모두 신도다. 일요일 아침마다 그 교회에서 종소리가 울려 퍼진다.

회당은 한적한 시골 동네의 앞자락, 집마다 토방 마루에서 내다보이는 언덕 위, 마을 정면을 약간 비켜선 사각 지점에 있다. 들어가는 길은 여느 종교 건축물이 그렇듯 약간의 언덕을 걸어 올라가게 되어 있고, 거기 돌담의 흔적이 남아 있다. 건물은 토방 마루를 낀 네 칸 겹집, 목조 한옥이다. 토방 마루 밑은 시멘트로 막아놨지만, 기둥 밑 옆 부분이 초승달처럼 살짝 트여있어서 살금살금 고양이들이 드나들고 있었다.

출입구가 두 개다. 남녀가 유별하던 때에 지어졌고, 성균진사成均進士館였던 태계苔溪선생의 사당이 있는 자자일촌이니 그랬을 것이다. 문을 열고 들어가면 단아한 신발장이 붙박이로 짜여 있다. 그리고 다시 회당 문을 열고 들어서면, 이곳에 이즈음 어지간한 시골집에서는 보기 어려운 공간이 있다.

마룻바닥은 송판을 길게 켜낸 판재를 깔아 오랜 세월 닳고 닳은 윤기가 반질반질했다. 거기 단상을 향해 양쪽에 다섯 개씩 의자가 놓여있는데, 예전엔 남녀를 구분하는 칸막이가 있었다고 한다. 단상 뒤편 정면에는 목회자가 앉는 감실 형태의 정면 주공간이 있고, 좌우로 예배에 쓸 기물들을 보관하는 작은 방들이 붙어 있다. 머리 위 천장에서 천국의 세계가 펼쳐진다.

근처 '삼수골'에서 켜왔다는 나무들엔 이 건물을 지었던 사람들의 마음과 바람이 고스란히 담겨 있다. 반가의 목재처럼 크지 않지만 아담하고 긴 목재들은 초창기 이 교회 사람들의 마음을 닮았다. 1900년 전후 최초의 신도들은 항촌 '안태골'에서 숯을 굽고 살았던 네 집 사람들이었다. 서럽고 시린 삶의 구원을 찾아 왕복 사십 리는 족히 되었을 길을 따라 해남 옥천 백호교회로 예배를 보러 다녔다. 소석문이 깊었으니 그 길은 아득했다. 찬송가를 부르며 칠흑 같은 어둠을 헤치거나 눈길을 걸었을 것이다. 그러다 1907년에 동네 어느 작은방을 비워 예배를 드리기 시작했고, 1910년에 18평짜리 작은 예배당을 손수 지었다.

그 뒤 신도들이 전도를 위해 세 곳(만덕, 운동, 항촌)에 교회를 지어나갔고, 1937년엔 이곳에 터를 잡아 교회당을 옮겼다. 누구는 대밭 땅을 내놓고, 여신도들은 대 뿌리를 캐냈으며 남자 신도들은 산을 넘어가 나무들을 잘라왔다. 당시 시골 사람들은 어지간한 목수, 토수, 석수, 대장장이들이었으니까 사람을 따로 쓰지 않았을 것이다.

모두 반듯한 소나무로 짜인 천장은 이 지역 한옥의 원형을 잘 간직하고 있다. 땅을 다지다 나왔을 법한, 나지막한 돌로 된 네 칸의 석축 위에 열개의 기둥을 세우고 그 위에 대들보를 걸친 다음, 높이를 더하기 위해 중방을 얹었고, 또 거기에 도리 기둥을 세워서, 맨 위 횡축으로 가늘고 긴 용마루를 누였다.

서까래들의 가지런한 줄 맞춤은 흡사 소녀들의 수줍은 옷 맵씨처럼 단아하고 예뻤고, 그 사이의 면들을 하얀 회칠로 마감했다. 나무들은 죽어 색의 나이를 먹는다. 짙은 먹갈색을 띤 나뭇결들은 매끈한 니스칠로 반짝거렸지만, 새촘하게 짙은 누나의 립스틱 같았다.

나무들의 생김새도 교회를 지었던 일손들의 단아함을 살갑게 보여준다. 돈이 많아 큰 목재를 깎아 각재로 쓸 수 없어서 거의 둥근 원형 그대로의 나무둥치를 가냘픈 처녀의 살결처럼 곱게 깎아 들보나 마루로 사용했는데, 저마다의 그 구부러진 형태를 잘 살렸다.

건물 곁에는 교회당보다 더 큰 크기의 벽돌을 쌓아 지은 양옥 사택이 있는데, 거기에 목사님이 사신다. 옛집을 보는 이의 미감美感보다 그곳에 사는 이의 실용성 앞세우는 우리네 고건축물 보전의 전형적인 모습이다.

그 곁에는 창건 당시부터 사용했던 것 같은 키 낮은 흙 돌담에 벽돌을 덧대어 보수해서 양철 문에 슬레이트 지붕을 얹은 '칙간(변소)'이 있었는데, 대 뿌리들이 파고들어 거의 스러질 날이 멀지 않은 듯했다. 일을 보고 난 뒤엔 짚풀로 밑을 닦고 손을 씻었을 것이다.

동네 지형은 뒷산을 배경으로 좌우 양쪽에 산줄기를 두르고 그 한가운데 집들이 자리 잡았고, 마을 앞에 조그맣게 있는 논들에 서부터 먼 들, 그리고 구강포 앞바다가 있다. 성균진사를 하셨던 선대께서 태계苔溪란 호를 썼으니까 그가 그윽하게 깊은 산중 계곡의 이끼 아니면 바닷속 김이나 미역, 파래, 감태, 매생이 같은 것들을 좋아했을지 모를 일이다.

한겨울 따듯한 어느 오후에 혼자 사시는 한 할머니의 작은 집에서 구역예배를 본다고 했다. 예배는 할머니들 일곱 분과 목사님뿐이었다. 노인들이 모여앉아 추위를 이겨내는 작은 방 가운데에 둘레상을 갖다 놓았고, 거기 나이 든 여자 목사님이 오셔서 사도신경, 찬송, 성경 봉독, 설교, 찬송, 주기도문으로 이어지는 예배를 집전했다.

예배를 마치고 돌아가시는 할머니들을 따라가 봤더니 집집마다 옛 삶의 소담하고 정겨운 풍경들이 그대로 남아있다. 아궁이에 넣어 불을 피우지도 못한 콩대들도 버리지 못하고 헛간에 쌓아놓았고, 집집마다엔 지난 가을 산밭에서 수확한 수숫대 모감지단을 소중히 간직하고 있었다.

예전엔 남자들이 빗자루를 매 썼다 했다. 내처 내가 어렸을 때 빗자루를 매 본 적이 있다며, 주시면 만들어 써보겠다고 했더니, 반가워서 어쩔 줄 몰라 하시며 그것들을 꺼내주었다. 세 분이 앞다퉈 수숫대를 주셨는데, 아직도 남은 것들은 또 쓸라믄 다 가져가라고 하셨다.

2015년 겨울

흰 구름 머무는 곳에 그윽하게 지내다

- 강진 백운동별서白雲洞別墅

고산의 임포가 그러했듯 내가 이곳을 택한 이유는 한갓 그윽한 정취 때문만은 아니다. 물줄기를 이끌어 술잔을 띄우는 뜻은 난정의 풍류를 본받기 위함이요, 바람결에 종소리를 듣는 뜻은 고산의 풍류를 본받기 위함이다. 한적하게 살면서 심성을 함양하고 문묵文墨으로 락樂을 삼는 자 또한 이것으로 도움 받는 바 있을 것이다. 우물엔 연꽃을 심어 천연을 사랑하고 동산엔 매화를 심어 고결을 숭상하며 국화에서는 추상秋霜의 절개를 취하고 소나무에서는 세한歲寒의 지조를 취한다. 새장 속엔 달을 우짖는 학이 있고, 시렁 위엔 바람에 우는 거문고가 있다. 이것이 바로 백운동의 생활이다.(李聃老,「白雲洞幽悽記」중)

이것은 전남 강진군 성전면 월하리 안운마을에 있는 백운동별서를 지었던 이담로(李聃老, 1627~1701)의 글 한 구절이다. 규모 있는 어느 집에나 그것을 지은 사연을 적어놓고, 그것들 대부분이 식자들의 것이었기 때문에 의미 있고, 아름다운 사연들을 담고 있는데, 이곳 역시 마찬가지로 그런 유별난 의미를 담고 있다.

구름이 평안할 정도의 마을이니, 이곳에 들어서서 주위를 살펴보면 조용하고 한적한 산골 마을의 기운이 느껴진다. 봄이면 돌과 흙으로 마당 가에 층계를 나눠 꽃과 온갖 푸성귀와 작물들을 가꾸는 모습이 그렇고, 가을에는 널브러진 깨나 고춧대 쪼가리들과 키 큰 감나무 꼭대기에 간당간당하게 달린 홍시같이 고즈넉한 분위기가 그렇다. 여름은 여름대로 겨울은 겨울대로다. 들어가다 발길을 멈추고 주변을 둘러보면 마치 깊은 심산유곡에 들어가는 것처럼 숲이 짙다.

백운동은 유독 바위가 많은 월출산의 주봉인 천황봉을 살짝 비켜 있는 옥판봉이란 봉우리에서 흘러내리는 물이 안개가 되어 다시 피어오르는 곳이라는 말에서 유래됐다.

집에 들어서려면 울창한 동백나무 가지가 늘어져서 터널을 이루고 있는 오솔길을 지나야 하는데, 땅속 깊은 곳으로 굳게 박혀 있는 큰 나무뿌리들과 기괴한 형상의 바위들이 만들어내는 계류, 그리고 물 위로 놓인 작은 다리 하나를 지나야 한다.

이렇게 바깥세상의 바람과 먼지를 말끔히 씻고 나서야 들어올 수 있도록 지어진 집 입구는 비자나무와 큰 나무들 틈새에서도 지지 않고 하늘 높이 솟아오른 단풍나무, 신갈나무 같은 것들이 어울려 울창하다 못해 서늘한 기운을 내 품고 있고, 한쪽 바위에는 白雲洞백운동이란 글자가 새겨져 있다.

집 이름에 붙인 별서란, 본업이 아닌 별난 취미나 일을 일삼는 집이라는 뜻 정도로 짐작해볼 수 있는데, 이 말로 짐작해보면 처음 이 터에 깃들였던 이는 대대로 일가들이 자자일촌으로 모여 살았던 근처 성전면 금당리에 본가를 따로 두고, 그것과 다른 목적으로 별도의 집을 또 한 채 짓고 살았다고 볼 수 있다.

사람이 살지 않고 작은 강아지들만이 찾아온 사람들을 향해 컹컹 짖어대는 이 집에는 여덟 가지 명물, 즉 소나무, 매화, 대나무, 난초, 연, 국화, 거문고, 학이 있었고, 열두 가지의 빼어난 경치가 있었다. 월출산 천황봉 서남쪽에 있는 옥판봉, 동백나무 숲길, 매화 벽나무 둑, 산중 중턱에 있었던 취미선방, 모란이 피어있는 뜰, 희뿌연 안개가 서려 있는 낭떠러지, 큰 적송 숲, 술잔을 띄울 수 있도록 굽이굽이 흐르는 물, 단풍나무 숲, 신선이 머무는 정자라는 뜻의 정선대, 단풍잎이 비춰 들어서 붉은 빛깔로 흘렀던 폭포, 운당원이라는 왕대밭이 그것이다.

집에는 白雲幽去백운유거라는 편액이 걸려 있었다. 이는 작년 여름까지 이 집을 지키고 있었던 이담로의 12대손 이효천 옹이 살아계셨을 때까지 무려 3백 년이 넘도록 그곳에서 찾아온 사람들의 눈길을 붙잡고 있었는데, 그분이 세상을 뜨면서 집을 비우게 되자 아들이 떼어내서 따로 보관하고 있다.

백운동에 그윽하게 깃들어 사는 집 혹은 백운동에 숨어 사는 이의 집 정도의 뜻으로 짐작해볼 수 있는 이 말은 곧 이 집에 담긴 공간적 의미와 더불어 집주인의 강한 의지를 담아내고 있다.

사랑의 반대말은 미움이 아니라 무관심이란 말이 있듯, 세상에서 멀리 떨어져 숨어 산다는 것은 어쩌면 세상으로 나아가고 싶은 마음의 또 다른 표현방식이 아닐까도 생각해봤다.

이런 풍류를 좋아했던 많은 이들이 이곳에 와 계곡물을 끌어들여 만들어놓은 흐르는 물에 술잔을 띄워 마시며 시를 짓고 세상을 논했다. 주로 강진, 영암, 해남 등 근처 사람들과 이곳으로 유배 온 사람들이 그들이었다.

강진에 유배와 살았던 다산 정약용은 초당에서 5백 권의 책을 쓰느라 복숭아뼈가 세 번이나 뭉그러질 정도로 바쁜 중에도 이 집의 후손이자 동년배인 친구 이덕휘(1759-1828)를 찾아와 하룻밤을 묵으며 이곳의 열두 가지 경치를 시로 지어 읊었다. 막역지간이었던 백련사의 혜장선사가 세상을 뜬 이듬해(1812)였다. 소슬한 초가을 어느 날 제자인 초의, 윤동과 함께였다. 이때 초의선사에게 백운동도를 그리게 해서 자신이 살고 있던 다산초당과 비교하려 했다.

그때 열 살이었던 친구의 아들 이시헌을 제자로 받아들였는데, 뒤로 글의 이치를 활달하게 깨달았던 그가 6대조 이담로와 고조부 졸암공의 유고, 그리고 이곳에 들러 친분을 나누었던 사람들의 글을 모아 『白雲世守帖』백운세수첩을 엮어 후세에 전했다. 여기에는 다산의 시문과 초의의 「백운동도」도 함께 실려 있는데, 안타깝게도 지금 이것은 이 집에 전하던 다른 옛 책들과 마찬가지로 흐르고 흘러 먼 도시에 사는 한 소장가의 집에 있다.

이곳에는 우리 차茶의 역사도 깊게 스며 있다. 백운동별서가 들어서기 훨씬 전부터 월출산 일대, 그중에서도 상대적으로 햇볕이 조금 더 따뜻했을 남쪽 지역에서는 고려 시대부터 차를 만들어 마시기 시작한 흔적이 있다. 올해 초부터 바로 곁에 있는 월남사지를 발굴하기 시작했는데, 거기에서 마른 찻잎을 가루로 갈아먹을 때 썼던 차맷돌이 나왔다.

일제강점기 때에는 이한영이란 분이 백운옥판차라는 이름의 떡차를 만들어 멀리 대구에까지 내다 팔았는데, 그 상표를 찍던 도장을 근래에까지 백운동별서에서 보관해왔다. 해방 전 모로오카 이에이리라는 일본 사람이 남도의 차 문화를 조사해서 쓴 『조선朝鮮의 차茶』에도 이곳에 대한 관심은 유별나다. 대대로 씨앗이 떨어져 나무가 퍼져나갔기 때문에 이곳 산에 자생하는 차나무도 요즘 대규모 차밭에서 가꾸는 품종과는 사뭇 다르다. 이런 내력을 이어받아 근래에는 어느 기업에서 30년 전에 넓은 땅을 사들여 차밭을 일궈 놨다.

이곳뿐 아니라 인근 지역에는 세상과 멀리 떨어져 자연을 벗 삼아 지낸다는 생각들이 널리 퍼져 있었던 듯하다. 고려 말 무신정권 시기, 왕이 세 번이나 사람을 보내 개경에 다녀가라는 간절한 바람을 외면한 백련결사의 무외국사 정오, '산중신곡'과 '오우가'를 쓰며 유유자적했던 고산 윤선도, 장흥지역 향촌사회의 탁월한 지성들이었던 백광홍과 존재 위백규, '일속산방'을 일구며 살았던 다산의 제자 황상 같은 사람들이 그들이다.

하지만 그들 역시 비록 주변에 살았지만, 세상의 중심에 무관심하지 않았다. 아니 오히려 그들은 그들대로 또 하나의 중심들이었다. 그렇듯 작고 보잘것없는 주변들이 모여 중심을 에워싸고 싶었는지도 모른다. 그들은 세상에 나아가 펼 수 없었던 부러진 날개를 풀과 나무, 산과 들, 해와 달, 그리고 물과 구름 같은 비인간적 대상물들에 꿈결 같은 자기 생각을 비춰보며, 안으로 잦아들었다.

하여 백운동별서는 우리에게 번잡한 세상에서는 결코 이룰 수 없는 또 다른 생각과 행동에 대한 태도를 일러준다. 그것은 내가 아닌 다른 것들, 즉 꽃과 나무, 산과 돌, 바람과 물 같은 비인간의 자연물들과의 더 깊고 넓은 관계 맺기다.

2013년 겨울

장흥의 '남녘땅 뱃노래'

- 패퇴한 동학군 살려낸 소년 뱃사공

"할아버지는 평생 먹고사는 일상사에는 관심이 없으셨지. 농사일에는 도통 무관심했고, 오직 배를 타고 나가는 바닷일에만 취미가 조금 있었는데, 날이면 날마다 물에 나가서 고기를 잡는 일로 평생을 소일했어."

올해 일흔아홉 윤병추 옹이 어렸을 때인 해방 직전에 보았던 할아버지 윤성도의 노년을 회상하는 말이다. 그의 집은 전남 장흥군 회진면 덕산리. 반도의 남쪽 끝자락 장흥의 높이 솟은 천관산 남사면 끝자락에 자리한 곳이 회진면이다.

나는 우금치 마루에서의 전투가 동학군의 마지막 전투라고 알고 있었다. 노래나 소설 같은 대중적 매체들에서 어렴풋이 들은 것이다. 하지만 그것은 짧은 지식이었다. 나아가 소년 뱃사공 윤성도의 얘기는 오늘날의 우리가 있기 위해, 우리가 모르는 얼마나 많은 이야기가 숨어 있는지를 알 수 있는 소중한 실마리를 던져준다. 이야기는 '징개맹개 너른 들에 갈까마귀 날아들었던' 1894년으로 거슬러 올라간다.

갑오년 봉기로 승승장구하던 농민군은 우금치에서의 패전으로 사기가 떨어져 이후의 싸움들도 계속해서 패전으로 치달았다. 하지만 그것으로 끝이 아니었다. 그 시기 이방언 장군이 이끈 반도 남단 장흥의 1차 기포 농민군은 먼 원정에서도 장성 황룡강 전투, 전주성 함락 등에서 혁혁한 전과를 올렸다. 그러나 전반적으로는 우금치 전투에서의 패전으로 지리산과 갈재 등을 넘어 삼남 이남 각 지역으로 패퇴했다. 장흥에서 다시 일어난 것은 그해 음력 12월이었다.

보성 웅치, 장흥 대흥에서 봉기한 농민군들은 천관산 끝자락에 있던 회령 포진을 함락시켜 대포와 탄약 등 풍부한 무기를 확보해서 인근 벽사역, 흥양현, 장흥부, 강진현, 병영성 등을 차례로 함락시키고 나주성으로 향하다가 이것이 여의치 않자 다시 장흥읍 쪽으로 회군했다. 동학농민 혁명사의 마지막 대혈전이라 불리는 석대들 전투(12월 14~15일)는 이때 벌어졌다. 현재의 장흥읍 남서쪽에 펼쳐진 넓은 들에서 피아간 전력이 총집결하여 이틀 동안이나 치러진 동학농민 전쟁사의 마지막 대혈전이었다.

이를 지켜본 장흥의 유생들은 이구동성으로 '혈사血史'라고 지칭했으니 싸움이 그만큼 처절했다는 것이다. 이후 농민군들은 더 남쪽 자울재를 넘어 대덕 쪽으로 물러나면서 소규모 전투를 치르기도 했으나 이내 흩어져서 부용산, 강진 칠량, 대구 등지로 숨어든다. 그래도 관군의 추적이 계속되자 병사들은 천관산 밑자락 바다 건너 덕도로 숨어들었다.

윤병추 옹의 할아버지 윤성도가 이렇게 숨어든 5백 명의 동학군 병사들이 한 명도 죽지 않고 살아남을 수 있도록 한, 그리 멀지 않은 우리 역사의 별빛 같은 이야기는 여기에서 시작된다.

"우리 동네인 덕산에서 장산마을로 가는 중간에 있는 용암산록이라는 작은 골짜기가 있는데, 몰려든 동학군들이 모두 거기 숨어들었지"

지금은 잡목이 우거진 그 골짜기는 그리 크거나 특이해 보이지는 않았다. 작은 실눈이 흩날리던 날이었다. 하지만 어딘지 모르게 범상하게 보이진 않았다. 무려 오백 명이나 되었다는 많은 사람이 몸을 숨기기에는 어딘지 모르게 좁아 보였다. 할아버지의 말은 이랬다.

"당시 이곳엔 소나무가 얼마나 빽빽하게 우거졌는지 거의 대밭 같았어. 게다가 육지에서 들어오는 사람들의 움직임을 한눈에 볼 수 있고 말이야. 거기서 몇 날 며칠을 쥐 죽은 듯이 숨어 있었어."

덕도는 그리 큰 섬이 아니다. 거기에 후퇴하던 동학군들 5백 명이 한곳에 오롯이 숨어있었으니 그 숨막히는 긴장의 도는 작은 섬사람들의 심장을 멎게 하기에 충분할 정도였다. 할아버지는 이때 이곳에 신령한 기운이 감돌았다고 기억하고 있다. 그분의 할아버지가 그렇게 말했을 것이다. 이상하리만치 짙은 겨울 안개가 이 골짜기를 연일 자욱이 덮고 있었다는 것이다. 당시 패퇴하던 동학군들을 뒤쫓던 관군들은 섬 안 어느 곳에 숨어있는지 그 구체적인 장소만 몰랐지 섬으로 숨어들어 있다는 사실은 훤히 알고 있었다. 당시의 기록, 그러니까 12월 23일 이후 일본군(남소사랑)과 관군(이두황)들의 지휘서신을 비롯한 자료들을 보면 그것을 확인할 수 있다.

관군들은 섬이 바라다보이는 인근 지역을 샅샅이 수색했고, 덕도 바깥쪽으로는 두척의 군함이 일대 해안을 오가며 순시하고 있었다. 거의 독 안에 든 쥐처럼 포위된 형국이었다. 관군 측에서는 섬에 숨어든 동학군 측에 보낸 전령을 통해 회유를 시도했다.

'…너희들은 겁을 먹고 달아나 숨어 있다. 끝이 다 된 너희 추종자들은 정상은 실로 어리석음에서 기인하여 본심에서 기인한 바가 아니니 놀라지 말라. 목메어 애타게 말하는데 거괴는 죽이고, 추종자는 엉성하게 다스린다. 이미 죽임을 당한 자는 거괴이며, 장차 사면이 따를 것이니 의구심을 품지 말고 각자 너희 집으로 귀가하여 너희 생업을 지키고….'(전령문)

한편으로 관군들을 이내 섬 안에 군을 투입해 토벌하겠다고 윽박질렀다. 좁은 섬 덕도의 작은 골짜기에 숨어 지내는 5백 명 농민군들의 생사가 오갔던 운명의 시간이었다. 한창 추위가 맹위를 떨치던 12월 말경이었다.

당시 소년 뱃사공이었던 윤성도의 나이는 나이 불과 열여섯이었다. 집에 배를 갖고 있어서 그 돛배로 생계를 이어갔던 어린 소년이 5백 명의 농민군들을 밤마다 조금씩 수를 나눠 덕도 인근 더 남쪽 바다에 있는 섬들로 병사들을 실어 날랐다. 관군과 일본군들 그리고 혹시나 있을지 모르는 밀고자들의 눈을 피해 밤마다 소년의 '뱃놀이'가 이어졌다. 윤병추 옹은 세월이 지나 간척사업 등으로 인해 형세가 변해버린 선창가와 멀리 보이는 섬들을 비롯해 그때의 장소들을 생생하게 기억하고 있다.

그 결과 마침내 농민군들은 가까운 생일, 금일, 약산 같은 섬들에 모두 안전하게 피신시킬 수 있었다. 언제 다가올지 모르는 관군들의 칼날을 목전에 둔 날들이었다. 소년의 나이 불과 열여섯에, 칠흑같이 어두운 밤바다에서 오직 흐릿한 달빛 아래서 벌어졌진 일이었다.

"그래서 그 사람들이 모두 한 명도 죽지 않고 살아남았어. 위쪽에서의 농민군들이 모두 피박살이 났고, 장흥에서도 이방언 상군은 밀고에 의해 체포되었고, 심지어 안규상은 부모를 밀고할 정도로 관군들의 토벌 작전이 살벌하게 이뤄지던 무렵이었어. 그러니 이건 기적이라고밖에 달리 말할 수 없지….”

훗날 장흥지역 동학농민군들에 대한 기록에 의하면 장흥농민혁명사 인명록에 기록된 총 483명 중 이 지역 대흥접(당시 대흥면, 제도면, 약산면)이 115명이나 되었고, 그중 345명이 전투 중이나 이후 사망했는데, 대흥접의 농민군은 전투 중에 사망한 사람을 빼고는 죽은 사람이 한 사람도 없다.

소년 뱃사공 윤성도는 이때의 일 때문에 충격 속에서 평생을 살아간 듯하다. 어린 윤병추 옹은 할아버지와 한방에서 자고 지냈던 해방 직전에 이런 얘기를 마치 오래된 옛날이야기처럼 전해 들었다. 그리고 숨죽여 그 이야기를 숨기고 있다가 이를 드러낸 것은 극히 최근의 일이다. 근래 동학농민혁명 기념재단이 꾸려지고 장흥에도 기념사업회가 꾸려지면서 우선 시급한 일로 자료와 생존자들의 구술을 비롯한 현지 실태조사 작업을 벌였는데, 이 지역 연구 작업을 주도적으로 이끌었던 향토사학자 위의환 선생께서 처음으로 이를 찾아낸 것이다.

장흥의 사학자 위의환 선생은 이를 두고 혁명에는 실패했어도 보국안민에는 성공한 대표적 사례로 언급했다. 윤병추 옹이 말하듯 “할아버지 혼자 한 일은 아니었을 것”임에 분명한 이 일은 이곳 섬사람들과 농민군들이 혼연일체가 되어 생사를 같이하지 않고서는 절대 일어 날 수 없는 일이기 때문이다. 윤옹이 기억하는 할아버지는 늘 말이 없었다.

“어디에 정신이 팔린 사람처럼 도무지 보통 사람들같이 사시지 못했던 할아버지는 평생을 그렇게 바다에 나가 물일을 하시면서 지냈어. 어린 나도 자주 따라가 하룻밤씩 자면서 밤낚시를 하곤 했는데 어려서부터 돛단배를 몰아서 그랬는지 바다 일은 손금을 보듯 훤했어..."

노인은 그렇게 말없이 낚시를 하다가도 문득 하늘을 쳐다보고 손주더러 혼잣말처럼 '애야 곧 비가 오겠다'고 말했다고 한다. 채비를 챙기고 노인이 노를 저어 집으로 돌아오다 보면 정말로 비가 내렸다. 할아버지는 또 한여름 낚싯배 위에서도 멀리 고흥 동남쪽 바다에서 불어오는 바람의 냄새를 맡고는 곧 태풍이 몰아올 것을 귀신같이 아셨다고 한다.

2011년 봄

한듬재 이야기

 - 완도 민란

　내 고향마을에서는 '재 넘어간다'는 말을 많이 했다. 노인들 말이다. 그리고 나는 실제 그런 할머니를 본 적도 있다. 늘그막에 남편에게 구박받고 가서 쉴 친정집마저 없어서 한듬재(강진 도암이나 북평에서 대흥사로 넘어가는 큰 고개)를 넘어가 대흥사 보살이 되려 했던 할머니 말이다. 재를 넘는다는 말은 여기서 한 매듭을 짓다, 인생의 한고비를 넘는다는 의미로 쓰였다.

　때는 조선 시대 말 삼정이 문란할 무렵이었다. 조선 시대 말이라면 세금이 엄청 무거웠고, 아전들의 횡포 또한 엄청난 폭압의 시절이었다. 당시 탐진현 소속이었던 완도는 치안상의 이유로 군부대가 상주해 있었고 그 대장이 모든 권한을 가지고 있었다.

　왜구들의 침탈이 얼마나 드셌던지 몇백 년 동안은 조정에서 완도 섬에 사는 사람들을 지금의 전북 부안 간척지로 이주(소개)시키기도 했다.

　완도의 부대장이 문제였다. 그는 군선을 만든답시고 완도 사람들더러 섬에 있는 나무를 베어오라고 해서는 섬사람들이 나무를 베어오면 사선을 만들어서 팔아 배를 채웠다. 물론 섬사람들이 이 사실을 모를 리 없었다. 다만 부대장이 무서워 누군가 입을 열어 말을 못할 뿐.

어느 겨울이었다. 한 섬의 지금의 이장쯤 되는 사람이 섬의 나무를 싣고 완도로 갖고 오던 중 풍랑을 만나 간신히 몸만 건지게 되었다. 그래도 그 이장은 겨울에 다시 섬사람들에게 나무를 베자고 할 수 없어서, 하는 수 없이 부대장에게 가서 자초지종을 말했다. 그런데 이 말을 들은 부대장은 "어디서 거짓말을 하느냐"고 곤장을 쳐서는 "가서 다시 섬 사람들에게 나무를 베게 해서 실어오라"고 쫓아버렸다. 부대를 나온 이장은 생각했다. 당장 때울 끼니도 없는 섬 사람들에게 다시 나무를 베라고 할 수 있을까? 에라 모르겠다. 나 하나 없어지면 그만이다. 한듬재 넘어 대흥사로 숨어버리자.

그렇게 이장은 한듬재를 넘어 대흥사로 숨어들어 불목하니가 되었다. 그는 부지런히 땔나무를 해 오고 잔심부름을 했다. 그뿐 아니라 다른 불목하니들도 많았다. 그런 불목하니 간에 아궁이에 모이면 자연스레 당신 어디 살았냐?, 왜 왔냐? 는 등의 이야기들이 오갔다. 이야기를 나누면서 이장은 자신과 비슷한 처지인 사람들이 많다는 사실을 알았다.

그래서 사람들은 그해 겨울 대흥사에서, 작당 모의를 했다. 우리 섬으로 돌아가자. 가서 장정들을 모아 부대로 쳐들어가자. 가서 그 부대장 '맥아지'를 짚어버리자고 말이다. 누구는 어느 섬 장정 몇 명을 모아 무엇을 들고 아무 날 몇 시에 부대 어디로 치고 들어간다 같은 거 말이다.

그리고 대흥사 불목하니들은 다시 한듬재를 넘어 완도로 잠입했다. 장정들을 모으고 온갖 무기가 될 만한 것들을 들고 부대로 가서는 작살을 내버렸다. 부대장은 몸을 꽁꽁 묶어버렸고, 창고에 쌓인 쌀은 전부 풀어 허기진 섬사람들에게 나눠 줘버렸다. 그리고 섬은 며칠이나마 자치정부가 되었다.

민란이 난 거였다. 조정에서는 민란의 주동자들을 설득해 해결책을 찾기 위한 안핵사를 파견했다. 안핵사와 완도 섬사람들이 만났다. "왜 민란을 일으켰냐?" "부대장이 이러이러한 잘못을 해서 도저히 참을 수 없어서 일어선 거요." "그 자식 나쁜 자식이다. 좋다, 전부 무기를 버리고 집으로 돌아가라. 그 자식을 파면하고 귀양을 보내겠다. 대신 너희들 죄도 묻지 않겠다."

지도부는 생각했다. 섬사람들이 빨리 집으로 돌아가기를 원하고, 조정에서도 우리를 벌주지 않고 부대장을 벌준다니 해산하자, 그래서 전부 무기를 버리고 집으로 돌아갔다. 그러자 조정은 무기를 버리고 돌아가면 죄를 묻지 않겠다던 약속을 싹 바꿔 민란의 주모자들을 색출하고 소환했다.

죄질이 무거운 주모자들은 지금의 해안경비 사단 사령부쯤인 강진 병영으로 압송되었다. 그리고 실상을 조사한답시고 모진 고문과 매질을 시작했다. 그래서 그 주모자들 중 한 명은 매를 맞다 현장에서 죽고, 또 한 명은 지금의 강진읍 남포에서 완도로 돌아가는 배를 타고 가다가 죽고 또 한 명은 완도 집으로 갔다가 며칠 만에 죽었다. 겨울이 지나고 새잎이 파릇파릇 오르던 초봄이었다.

이 사실은 오랫동안 숨겨졌다. 그러나 사실을 영원히 숨길 수는 없었다. 자신의 할아버지가 어떻게 돌아가셨다는 이야기를 어떻게 숨길 수 있었겠는가. 숨어서 입에서 입으로 전해오는 이야기는 대를 이어 내려왔다.

그리고 1980년대가 되어서야 완도 사람들은 이 사실을 세상에 밝혀 비석을 세웠다. 이 이야기의 내용은 그 비석의 내력이다. 그 비석은 군외면 당인리에 있는데, 완도군 노인회에서 세웠다.

한듬재에 대한 기억이 있다. 나는 고등학교 진학을 위해 광주로 왔고, 그때 친구들도 많이 왔었는데, 고2 때였다. 한 친구는 집이 가난해 대학에 갈 수 없어서 유별나게 방황을 많이 했고, 내게 그런 하소연을 하곤 했다. 겨울방학이어서 시골집에 와 있는데, 그 친구가 와서 또 그런 이야기를 하기에, 야, 그런 소리 마라, 이겨낼 수 있다, 그리고 뜬금없이 우리 한 번 오늘 밤 이곳을 나서서 한듬재 넘어 대흥사로 가보자고 해서 그날 밤 길도 없는 덤불 산길 10여 킬로를 걸어 한듬재를 넘었다. 고개를 넘어가서는 곤히 잠든 대흥사 북암에서 스님을 불러도 인기척이 없어서 새벽 무렵에 대흥사 밑 숙박지구 여관에서 자고 돌아왔다. 한듬재에 큰바람이 일고 무척 춥던 날이었다.

결국 그 친구는 대학에 진학하지 못하고 서울의 노가다판을 전전하다가 지금은 아마 수명의 패거리를 이끄는 십장쯤 되는 모양이다. 아이엠에프 때, 나도 빚보증 때문에 집사람하고 싸우고 난린데, 연락도 뜸하던 그 친구는 꼭 술을 먹고 밤 열두 시를 넘긴 시간에 전화해서는 죽겠다고, 돈 받을 사람들은 돈을 안 주지 일한 사람들은 돈을 달래지 죽겠다고, 몇 시간씩이나 전화를 잡고 있어서, 나는 말도 못 하고 듣고만 있었고, 사연을 모르는 집사람은 도체 누구냐고 난리였다. 그 뒤로 언젠가 그 친구가 말했다. 너거 비엔날레가 뭐라냐? 야, 너 시집 안 나오냐? 나오면 내가 많이 사 줄게. 시집 한 권 읽지 않았을 노가다판의 그 친구는 아마 시집이 나오면 내가 팔러 다니는 줄 아는 모양이다.

뒤로 일제시대에 완도에서는 대대적인 사회주의 운동(소안 농민운동)이 있었다, 그 기반은 섬의 풍부한 해물과 농산물, 섬사람들의 단결력, 밀선을 타고 일본에 가서 대학을 다닐 수 있었던 지식인들이었다. 그리고 6·25 때 완도에서는 나주부대의 대학살에 의해 같은 날에 제사를 지내는 집안이 많다. 이 시기의 이야기들은 임철우의 소설 '그 섬에 가고 싶다'에 나온다. 임철우의 친구이며 소설가였다가 요즘 한참 뜨는 오아시스의 영화감독이 된 이창동은 감독이 되기 전 이 장면에 직접 출연하기도 했다. 작년 광주인권위에서는 이 완도 학살의 진상을 조사해 발표했다. 지금 민노당 중앙정치연수원장인 황광우, 시인 황지우의 고향 역시 이 섬 중 하나인 고마도다. 초의선사와 다산과 백련사와 윤선도, 정약전의 이야기가 묻어 있는 한듬재 이야기다.

2003년 여름

유배자의 핍진한 심신을 달래던 곳
- 강진 덕룡산과 농산별업

　조석루朝夕樓는 윤개보尹皆甫의 서루書樓이다. 내가 다산茶山에 우거한 지 이제 4년이 되는데, 언제든지 꽃피는 때면 산보를 하였다. 산에서 오른쪽으로 고개 하나를 넘고 시내 하나를 건너 석문石門에서 바람을 쐬며, 용혈龍穴에서 쉬고 청라곡靑蘿谷에서 물 마시며, 농산農山에 있는 농막墅에서 묵은 뒤에 말을 타고 다산으로 돌아오는 것이 예이다. 개보皆甫와 그의 사촌 아우 군보群甫가 술과 물고기를 가지고 와서 어떤 때에는 석문石門에서 기다리고, 어떤 때에는 용혈龍穴에서 기다리고 어떤 때에는 청라곡靑蘿谷에서 기다린다. 이미 취하도록 마시고 배불리 먹은 뒤에는 그와 함께 농산에 있는 농막에서 잠을 자는 것 또한 예이다

이 글은 정약용 선생께서 다산에 유배와 지냈던 1811년에 쓴 「조석루기朝夕樓記」([與猶堂全書], 第一集詩文集第十三卷○文集, 한국고전번역원) 첫머리다.

선생께서는 유배지 강진에서 결코 실의에 빠지지 않고 '여유당전서 500권'으로 엮인 청사에 길이 남을 위업을 달성했는데, 모든 조건이 구비된 상태에서도 힘든 일인데, 유배자의 몸으로 하도 책상머리에 오래 앉아 있어서 '복숭아뼈 마디가 세 번 으깨지는踝骨三穿' 고통을 감내하며 오로지 마음뿐인 제자들의 도움만으로 이 위대한 업적을 이뤄냈다.

이 무렵 다산 선생은 제자들과 더불어 불철주야 저술에 사력을 다했는데, 그런 경황에도 그는 매번 고개石門을 넘어 항촌項村, 明發堂에 사는 친구 옹산 윤서유翁山 尹書有에게 들러 심신을 달래는 한편 따뜻하고 아름다운 서정을 일궈가곤 했다. 글을 더 읽어보자.

농산은 개보皆甫의 별장인데, 농산의 동산은 곧 용산龍山의 기슭이다. 그의 아버지를 이곳에 장사 지냈고, 그의 아버지의 고조도 이곳에 장사 지냈다. 또 그 서쪽에는 그의 아버지의 할아버지를 장사 지냈는데, 묘도墓道 옆으로 1 묘畝쯤 되는 곳에 집을 짓고 영모재永慕齋라는 편액을 달았다. 영모재의 왼쪽 담을 따라서 조그만 누각을 지었으니, 이 누각에 오르면 곧 용산의 여러 산봉우리들의 험하고 깊숙한 모습이 궤안几案 앞에 벌여 있으며, 울창하게 우거진 숲이 진세塵世 밖으로 솟아올라서 마음을 놀랍게도 하고 기쁘게도 한다. 장마가 계속되다가 맑게 갠 달이 산마루에 뜨면 여러 신선이 유희하는데 상서로운 구름이 공중에 서려 있는 듯하니 좀처럼 보기 드문 절경이다. 나의 발자취가 용산 일대에 미치지 않은 곳이 없다. 이 산봉우리를 멀리서 또는 가까이서 보기도 하였고, 옆에서 또는 정면에서 보기도 하였으나, 모두 산이 험하고 가파르다고 생각될 뿐이었고, 상쾌한 산의 모습과 상서로운 산의 빛이 이 누각에 올랐을 때 맛보는 쾌감만 같지 못하였다.

이 농산별업農山別業은 옹산의 형제들이 주경야독晝耕夜讀했던 수십만 평의 장원인데, 흰 암릉이 수려한 덕룡산을 위로하고 왼쪽에 석문과 만덕산, 오른쪽에 주작산, 앞쪽으로 구강포에서 굽어든 바다 끝 한 자락을 표표히 바라볼 수 있는 곳이다. 그 한가운데 높은 누각이 있고, 다산은 종종 틈을 내 이곳에서 심신을 다잡았다.

두 분이 친분을 맺은 것은 어렸을 때였다. 아버지 정재원丁載遠이 화순현감으로 있을 때, 다산은, 부친을 따라 외갓집(해남 녹우당)에 다녀가던 도중에 있는 옹산의 부친이자 당시 이 지역의 대부호 해룡공 윤광택海龍公 尹光宅의 집에 들러 묵어가곤 했는데, 뜻이 같은 남인南人 집안이었기 때문이다. 해서 다산이 강진으로 유배 왔을 때, 한편으로 옹산은 반가운 마음도 없지 않았으나, 그 자신 역시 신유박해에 연루돼 병영으로 끌려가 갖은 고초를 겪은 뒤라서 쉽게 찾아볼 수가 없었다. 왕의 총애를 한 몸에 받고 문무백관, 유생들의 선망을 받던 그가 하루아침에 대역 죄인이 되어 초겨울 칼바람 속에 유배지에 당도했을 때, 그보다 먼저 의금부에서 그를 문초했던 형리가 현감으로 와 있었다. 이때 옹산은 사촌동생 군보 윤시유群甫 尹時有에게 술과 고기를 갖고 한밤중에 몰래 담을 넘어가 다산을 위로하게 했다. 한밤중에 도둑처럼 담을 넘어온 친구 동생과 마주 앉은 다산의 심정은 미어졌다.

농산별업은 사람의 손을 가해 조성한 장원이라기보다는 천연의 지형에 약간의 모양을 만들거나 초목들을 심고 거기에 온갖 이름을 붙여 명명하고, 나아가 시야에 들어오는 주변 경관들까지를 장원에 끌어들인, 호남지방의 대표적인 정원문화 유적(鄭瞳昨, 「康津地方에 있어서의 朝鮮時代의 園林」, 『湖南文化硏究』, 1982)인데, 지금은 거의 원형이 남아 있지 않다. 하지만 다산은 특유의 카메라 렌즈 같은 필치로 그곳 풍경을 마치 그림을 그리듯 꼼꼼하게 적어놓았다.

누대의 사방에는 운당篔簹이 둘러서 있는데, 한 군데를 터서 문으로 삼았다. 문의 서쪽에 동쪽 언덕을 뒤로 지고 있는 집을 한옥관寒玉館이라고 하고 한옥관 남쪽에 열 아름쯤 되는 나무가 우뚝하고도 괴상하게 서 있는 곳을 녹운오綠雲塢라 한다. 녹운오를 돌아 동쪽으로 수십 보 꺾여져 들어가면 연못 하나가 있어, 연꽃을 심고 빨간 잉어를 기르는데 금고지琴高池라 하고 연못가에 정자를 지어 척연정滌硯亭이라고 한다. 척연정의 동쪽에 늙은 잣나무 한 그루가 있는데 국단掬壇이라고 부르고, 서쪽에는 얼음처럼 차가운 샘물이 하나 있는데 녹음정鹿飮井이라 한다. 녹음정 위에는 길이 있어 그곳에서는 시냇물 소리岬水를 들을 수 있는데 의장해倚杖蹊라 하며, 동천東阡의 동쪽에는 빽빽한 소나무가 수없이 많은 곳을 표은곡豹隱谷이라고 한다. 서천西阡의 서쪽에는 좋은 재목들이 빽빽이 늘어서 있어서 그늘이 져 쉴 만한데 앵자강罌子岡이라 하며, 앵자강에서부터 서쪽으로 맑은 시내가 흐르며 붉은 돌이 있어서 몸을 씻으며 즐길 만한 곳을 수경간漱瓊澗이라 한다. 앵자강罌子岡에서 남쪽으로 백여 보 거리에 초가 한 채를 지어 독서도 할 수 있고 사람들이 나무를 베어가는 것을 금하는데 그곳을 상암橡菴이라 한다. 그리고 옻나무 숲과 감나무밭이 지형地形을 따라 알맞게 자리 잡고 있으니, 역시 이 누대의 경치를 돕는 풍경이다. 농산農山으로부터 동쪽으로 몇 리쯤 가면 옹중산翁仲山(이 곳에서는 옹중을 법수法壽라고도 한다)인데, 그의 할아버지를 이곳에 장사 지냈으며, 또한 경치가 좋은 정원이 있어, 옹산별업翁山別業이라고 부른다.

여기에서 다산은 옹산과 함께 아침저녁의 풍경을 보며 심신을 달랬다. 유독 하얀 바위가 뾰족뾰족하게 솟아올라 병풍처럼 뒤를 두른 덕룡산과 그 계곡에서 물을 먹으러 내려오는 사슴과 어느 때인가는 승천할지 모르는 잉어, 연못 가운에 있는 벼루를 씻는 작은 섬 속 정자가 있었다.

처가가 영암 구림마을 조씨댁이었고, 그 장인이 『난정첩蘭亭帖』(진晉나라 때 왕희지王羲之가 난정蘭亭의 모임에서 서문을 쓴 법첩法帖)이라는 희귀본을 아들 대신 사위에게 물려줄 정도로 뛰어난 미의식의 소유자였던 옹산은 여름날 다산이 찾아오면 종을 시켜 운당篔簹(키가 수십 자, 주위가 한 자 대여섯 치로 물가에서 나는 대나무 중 가장 큰 것)에 물을 뿌려 안 그래도 푸른 댓잎을 더욱더 푸르게 감상하곤 했다. 폭포수가 흘러내려 검게 띠를 두른 주작산 바위들은 꼭 인왕산의 그것들을 빼닮았다. 「유윤씨산장游尹氏山莊」이라는 시는 이렇다.

주작산 속에 있는 백 길 되는 폭포수가
정원 안에 일만 그루 대나무에 댈 것인가
늙은 사람 더위잡고 오르기도 겁나거니와
집닭이 아무래도 들오리보단 나은 게야
하늘을 찌를 듯이 죽죽 뻗은 저걸 보니
산곡에 버려진 잡목들이 애석하이
때가 끼어 더러워진 대나무를 부여잡고

정원지기 급히 불러 씻으라고 당부하네

그대 집 대를 심어 울타리를 삼았기에

작은 바다 회오리바람 불어도 닿지 않고

내가 와서 그대들 두어 사람들과

마음 놓고 마주 앉아 술과 고기 즐기네 그려

다산과 옹산은 이곳에서 가없는 정을 나누며 많은 글을 남겼는데, 근래 다산학의 성황에도 불구하고 이에 대한 언급은 거의 없다. 두 해 전에 다산 선생 제자들의 문집이 실전失典될 것을 우려해 성균관대 대동문화연구소에서 『다산학단문헌집성茶山學團文獻集成』이란 영인본을 간행했는데, 거기에 실린 이 분야 석학의 해제에서도 이곳을 녹우당으로 잘못 적고 있었다.

이렇게 막역한 지우였으니 둘은 피로써 서로를 묶기 위해 사돈을 맺었다. 다산에서 공부했던 옹산의 아들 윤영희尹榮喜와 혼기에 차 마재 집에 있었던 다산의 외동딸을 결혼시킨 것이다. 명발당明發堂이라는 집이 그 혼례마당으로, 지금도 이곳엔 당시 다산이 들러서 쉬었던 무학중사無學中斜라는 정자가 남아 있다.

이곳에는 또 군보 윤시유가 상처喪妻하고 다시 새장가를 들었을 때, 다산의 제자들이 이 마을에 함께 모여 시를 짓고 다산이 발문을 쓴 서첩窈窕帖이 있는데, 그 표현이나 거기에 쓰인 운율이 한양 사람들의 것과는 달리 연경의 그것들에 더 흡사해서 다산 제자들의 빼어난 문장력을 짐작할 수 있게 한다. 추사 김정희가 한갓 외진 벽촌의 이름 없는 다산 제자 치원 황상梔園 黃裳의 시를 보고는 단박에 요즘 글에 비교할 바가 없다今世無此作고 할 정도였으니까 말이다.

이분들의 교류가 얼마나 융숭했는지, 「개보가 매실과 죽순을 선물로 보내오니 답례로 물외를 보내네皆甫餽梅實竹筍 以山田新瓜謝之」란 시를 보면 그 경황을 어렵잖게 짐작해볼 수 있다.

산중에 비는 개고 해 길어 지루한데
친구가 초막집에 좋은 선물 보내왔네
소반 위엔 갑자기 매실이 올려있고
주발 속엔 껍질 벗긴 죽순이 담겨 졌네
목마름병 고쳐주는 제호탕과 맞먹는
귀한 물건 쉽게 여기고 궁한 사람 도운 거지
집안에 현부인이 있는 줄 잘 알기에
감사하단 말 대신에 외를 따서 보낸다네

이 시에서 말하는 매실과 죽순은 몸의 독을 빼고 기력을 회복하는 약제 겸 기호 음식으로, 유배 생활의 독을 빼고 원기를 회복하라는 상징적 의미가 담겨 있다. 개보는 선물에 은근히 그의 마음을 담아 보낸 것이다.

이에 대한 다산의 답이 기가 막힌다. 그는 고맙다는 말 대신에 다산에 손수 일군 산밭에서 가꿔 딴 물외(토종 오이)를 답례로 보낸다. 그 상징적 의미는 '물' 그 자체다. 동양사상에서 물은 무릇 모든 것들의 근원이자 마지막이며, 회귀의 상징으로의 도道를 말한다. 원융무애圓融無厓, 무유등등無有等等한 구성물로서의 물은 한없이 부드럽고 맑은, 모든 살아 있는 것들의 모체다.

여기에 다산은 '집안에 현부인 있는 줄 알기에'라는 말을 붙임으로써 지극한 그의 상징적 의미체로서의 선물을 또한 가장 일상적인 친구 안주인의 요리 소재로 일기에 전도시키는 탁월한 표현을 구사한다.

이때 다산은 시집간 그의 딸에게 매조도梅鳥圖, 梅鳥抒情(고려대 박
물관 소장)라는 그림을 그려줬는데, 사연을 알고 보면 너무나도
그윽하다.

나이 든 중년에 유배지에서 혼자 사는 남편에게 마재의 고향 집
다산의 홍씨 부인은 시집올 때 입고 왔으나 붉은색이 이미 바랜
치맛단을 보냈다. 비록 떨어져 있지만 첫날밤의 그 정리를 잊지
말라는 일종의 경고이자 그리움이었을 것이다. 이를 받아든 다산
의 가슴은 얼마나 미어졌을까?

하지만 다산은 지체 없이 이 치마폭을 가위로 잘라 첩을 만들어
서 아들들에게는 경구의 말을 써주고 딸에게는 그림을 그려줬다.
투박한 붓으로 담백하게 그려 꽃 핀 매화 가지에 두 마리 참새를
앉혀 놓고 이런 글귀를 적어 넣었다.

새들이 우리 집 마당 매화 가지에 날아들었네
그 진한 향기를 따라 찾아왔겠지
여기 깃들이고 머물러 즐거운 가정을 꾸려다오
꽃이 이렇게 좋으니 그 열매도 가득하겠지

혼례를 마친 뒤 다산은 옹산에게 여러 이유로 서울로 이사해 살
기를 권했고, 집안 종손이었던 옹산은 가산을 남겨둔 채 마재 근
처 귀어촌歸魚村으로 이사했다. 거기에서 옹산은 기호 남인들과 교
류하면서 뒤늦게 과거에 급제해 사간원 정언이라는 벼슬에까지
올랐다. 나중에 다산이 친구의 죽음을 애달파 한 '윤정언만사尹正
言挽詞'는 이렇다.

정언이라 쓴 명정이 길이 펄럭이어라
가을바람 쇠잔한 풀 높은 언덕을 향해 가네
조복 꾸미는 일은 방금 겨우 마치었고
조정에서 내린 경패는 비로소 도착했도다
용혈에서 봄놀이 한 건 어제 일과 같아라
낙제는 옥과 같고 생선회는 은빛 같았지
누구는 살고 누구는 죽었다고 구별을 말라
당시에 이미 한 무리 사람을 이루었다오
다산에 퉁소와 북소리 화려하게 들릴 적에
그대는 어사화 두 가닥을 머리에 꽂았는데
그 당시 연희장가의 두어 그루 버드나무엔
헤어질 때 이미 황혼 까마귀가 날아들었지

　하지만 그의 아들은 진사시에 급제한 뒤에도 벼슬길이 막혔고, 손자 방산 윤정기術山 尹廷琦(1814-1879)는 어려서 연경에서 유학해, 귀국했을 무렵 경향 각지의 명사들이 다퉈 교류하고자 했고, 스무 살 위로 함경도 관찰사를 지낸 추사 김정희의 지우 침계 윤정현梣溪 尹定鉉과도 벗으로 지낼 정도로 학덕이 높고 문장이 수려했지만, 오직 남인가南人家 사람이라는 이유 하나 때문에 평생 벼슬길에 오르지 못하고, 집안 종손임에도 불구하고 피를 잇는 손孫이 없이 통한의 쓸쓸한 인생을 마감했다.

　세월이 흘러 이런 내력을 사람들이 기억하지 않을 뿐, 지금 강진 도암에는 그런 유적들이 잘 남아 있다. 석문과 소석문, 용혈암, 합

장암合掌庵, 청라곡, 능허대凌虛臺, 초은정招隱亭, 괘탑암掛塔庵이 그 이름들이다. 특히 용혈암은 고려 말 개경 국자감 관인, 지식인들과 함께 이곳에 와 백련결사白蓮結社를 주도했던 천인天因, 천책天頙, 정오丁午 등 3 국사가 노년을 지내다 입적한 곳이다.

2011년 여름

장흥 회진 삭금바다

장흥 용산 장터에서 열리는 마실장에 갔다. 마실장은 장흥에 귀농해서 살고 있는 생태주의를 지향하는 젊은 사람들이 모여서 매달 한두 번씩 여는 장인데, 올해로 두 해째를 맞았다. 처음 이 장은 장흥 유치가 고향인 문충선 씨가 운영하는 읍내 탐진강 가에 있는 송산마을 '오래된 숲'이라는 곳에서부터 시작했다.

주변에 지인들 몇 명이서 유기농 농산물이나 수제 먹거리, 생활용품 같은 것들을 가져와 사고팔기 시작했는데, 장소가 좁고 어디 한구석에 처박힌 느낌이 든다 해서, 처음 읍내 토요시장 곁 탐진강 다리 밑에서 열었지만 읍내 사람들의 호응이 그다지 시원찮아 용산면으로 자리를 옮겼다.

용산면에는 다른 지역과 달리 생태주의를 지키며 살아가고자 하는 사람들이 많이 귀농해 살고 있다. 용산 장터는 오래전에 폐쇄된 공간이었다. 이렇게 매달 꾸준히 장을 열고 있는데, 물건을 파는 생산자가 얼추 서른여 명 정도, 장터에 오는 사람은 생산자를 포함해 백오십여 명쯤 되어 보였다.

이렇게 장이 열리자 인근 지역에서도 잇달아 장터가 열렸다. 해서 지금 이러한 자족적 형태의 마을 장터가 열리는 곳은 해남, 보성, 고흥, 구례, 곡성, 하동에 이른다. 이는 우리나라 서남 해안권 벨트에서 퍼져나가고 있는 특이한 현상이다.

작년 초, 강진에서도 두 번의 '정거장'이 읍내 장터에서 열렸다. 하지만 귀농인협의회가 주축이 되어 열린 이 장은 어떤 연유에선지 두 번인가 열리고 난 뒤에 중단되고 말았다. 하여 사람들이 다시 뜻을 모아 금년 4월부터 강진만 가우도 곁, 청자도요지로 가는 길목에 있는 도예학교에서 '저두장'이라는 이름의 장을 다시 열기 시작했다.

저두장 역시 지역에서 스스로 농사를 짓거나 직접 수공예품을 만드는 사람들이 물건들을 가져와 파는 형태인데, 첫 장에 22명의 생산자와 150여 명의 구매자가 찾아줬다. 이는 인근 지역에 비해 뒤늦은 출발이지만, 첫 출발치고는 다른 지역에 비해 비교적 성공적이라는 평이었다. 아무래도 강진이 갖고 있는 교통상의 입지적 조건에다 가우도를 비롯한 근처 강진만의 풍광 같은 지리적 조건이 한몫 한 것 같았다.

이곳에서 가까운 천관산 밑 회진에 갔었다. 4월은 어느 시인이 일 년 중 가장 좋은 때라고 했던 달. 산벚꽃이 지천인 산들은 온통 부푼 한 해의 생명력을 저 밑 땅으로부터 하늘 높이 끌어올리는 것만 같았다. 예전보다 기후가 따뜻해졌기 때문일까? 야산에 듬성듬성 박혀 있는 산벚꽃 무더기들이 만발했는데, 어딘지 모르게 부풀어 오르는 느낌이었다.

그것은 다른 꽃처럼 오래 가지 않고 일주일이나 열흘쯤, 잠깐 피었다가 이내 옅은 봄바람에 흩어지고 말기 때문에 절정의 순간이 화려한 것 같았다. 이 지역 바닷가에 잦게 이는 해무海霧는 보이는 것들의 형체를 가늠할 수 없게 해서 기묘한 몽환적 분위기를 자아냈다.

이곳에는 천관문학관이 있고, 우리들이 자주 읽었던 송기숙, 이승우, 한승원, 이청준의 생가가 있는 곳이다. 이 네 분 모두가 한국문학을 빛낸 뛰어난 작품들을 써낸 작가들인데, 이렇게 한 지역에 생가가 있다는 것은 무언가 이 지역이 가진 풍토의 특질이 뒷받침되지 않았나 싶다.

천관산은 해가 떠오르는 동쪽의 높은 산, 장흥 사람들이 깊은 의미를 부여하는 산이다. 고대 시대, 그러니까 육지의 길이 아닌 해양교통이 성행했을 무렵, 이 지역은 일본과 중국을 잇는 요충지였다. 하지만 이곳은 이내 육지 중심 문화의 재편에 따라 변방으로 전락해버렸고, 지난 산업화시대를 거치면서 이곳은 경제적 기반을 모두 잃어버린, 그래서 쓸쓸한 삶의 흔적들만 남게 되었다.

장흥 용산에서 천관산을 돌아서 관산읍을 지나 한참이나 더 먼 곳에 있는 회진은 이런 삶이 뭉쳐 응어리진 곳이다. 같은 시골이지만 이삼십 년은 뒤로 거슬러 올라가 있는 것만 같은 회진면 소재지를 지나 이청준의 생가가 있는 진목리로 가는 길은 예전과 달리 바닷가를 따라 잘 닦인 포장길이다.

그의 대표적인 작품 중 하나인 '눈길'은 이 길, 그러니까 회진에서 진목마을로 가는 길을 배경으로 쓰인 작품이다. 소설은 도시에서 학교에 다니던 아들에게 팔아버린 옛집에서 하룻밤을 묵어가게 하려던 어머니의 마음을 담았다. 어머니는 남의 것이 되어버린 집에서 아들과 하룻밤을 같이 자고, 새벽 눈길을 헤치고 회진까지 배웅해준다. 그렇게 아들과 헤어지고 어머니는 아들과 함께 왔던 눈길에 찍힌 아들의 발자국을 밟으며 집으로 돌아온다. 작품 속 어머니의 회상이다.

'내 자석아, 부디 몸이나 성히 지내거라. 부디부디 너라도 좋은 운 타서 복 받고 살거라...... 눈앞이 가리도록 눈물을 떨구면서 눈물로 저 아그 앞길을 밟고 왔제'

진목마을엔 그렇게 팔아버린 작가의 집이 생가로 보존되어 있었다. 마을은 소설가의 작품처럼 곱고 단아한 해변가 풍경을 안고 있다. 소설에 나오는 1970년대 무렵에 했을 지붕개량의 흔적들은 빨갛고 파란 양철지붕의 색깔들 속에 그대로 남아 있다. 한가로이 한 동네 할머니가 빈집 터를 갈아엎어 일군 마늘밭을 매고 있을 뿐, 봄날 오후 바닷가 마을은 적적했다.

눈 앞에 펼쳐진 바다에선 짙은 회색빛 해무가 떠나지 않았고, 지금은 길이 바뀌어서 신작로가 놓인 마을 입구 등성이에는 노란 유채꽃이 피어 있었다.

소설가들의 출생지라는 점 외에도 이곳 회진과 삭금바다 근처의 풍경은 다른 어느 곳에서도 찾아보기 힘든 특징을 갖고 있다. 그런 여러 가지 중 먼저 언급되어야 할 것은 이곳 일대의 청정한 개펄이다. 이곳에 연한 득량만과 여자만은 우리나라의 바다 중에서도 가장 깨끗한 곳으로 알려져 있다.

싱그러운 정취를 불러오는 된장 물회가 이곳에서부터 비롯되었으며, 강진에 가공 공장이 있는 매생이 역시 이곳과 강진, 완도 일대에서만 나는 독특한 해초이다. 돔과 도다리, 넙치, 농어 같은 물고기들은 물론 꼬막과 바지락, 키조개 등속의 조개류, 낙지와 문어 같은 바다 것들이 모두 이곳에서 난다.

이곳에서 빼놓을 수 없는 또 하나는 천관산 일대에 남아있는 역사문화의 흔적들이다. 천관산, 천태산, 천불산, 천관사 등과 같이 하늘 천天자가 많이 쓰였던 인근 지명들에서는 신라 말기와 고려

초기에 중국에서 이 지역을 통해 들어왔던 천태종의 불교적 교리와 인연이 깊다. 그것들이 성장해, 고려 말에 가지산 보림사 문중을 비롯한 구산선문이 한국불교의 개혁적 흐름을 형성한 것이다.

13세기 후반에 있었던 몽고군의 일본정벌 때의 배들은 이곳 천관산 일대에서 나온 목재로 건조되었고, 군사들 대부분도 기실 몽고군보다 징발된 이 일대 지리에 익숙한 사람들이었다. 또 이곳에 바로 연이어 있는, 옛 강진의 행정구역에 속했던 지금의 고금도에 정유재란 때 이순신과 진린 장군의 조명연합군의 군영이 있었다. 그 전쟁에 참여했던 수많은 이 지역 사람들의 활약은 지금도 완도 고금면에 남아 있는 충무사 유적으로 유추해볼 수 있다.

천관산 아래 회진포구는 이런 역사의 뒤안길에서 이제는 적적하기 그지없는 봄날을 맞고 있었다. 어슴푸레한 안개 속에 모습을 드러낸 회색빛 섬들이 이런 사연을 품고 있었다.

2015년 봄

태양으로 날아오르는 꿈

- 주작산과 덕룡산

  예부터 전해 내려오는 강진의 여덟 가지 경치金陵八景 중 만덕청람萬德晴嵐은 바로 이즈음의 정경 같다. 만덕산에 비 갠 후의 아지랑이 정도로 해석해볼 수 있는 이 말은 이렇듯 4월에서 5월로 넘어가는 신록의 푸른 숲 속에서 더욱 빛을 발한다.

  만덕산에서부터 시작되는 산 능선은 덕룡산과 작천소령, 오소재, 달마산을 지나 땅끝 해남 송지까지 이어지는 긴 산줄기를 이룬다. 길이가 직선거리로만 무려 40km를 훌쩍 넘는 이 긴 산맥을 일러 사람들은 '땅끝 정맥'이라고도 한다.

  산은 일직선으로 곧게 뻗어 있고, 등성이가 용의 등 같은 암릉인데 이런 형국은 다른 곳에서는 찾아보기 힘들다. 구글이나 다음 같은 인터넷 포털사이트에서 이 지형을 찾아 위성 보기로 들여다보면 산 능선은 마치 칼날처럼 길게 뻗어 있다.

  하여 지세의 형상에 기대어, 사는 지역의 정체성을 드러내기 좋아했던 옛사람들은 이 산의 형상을 몸통이 긴 용으로 보았다. 강진 도암을 지나가는 산능선을 덕룡산이라 한 것은 그런 세계관의 소산이다. 대대로 이곳에 터를 잡고 살아왔던 사람들이 모두 그렇게 공감했던 것이다.

도암에서는 그 긴 용이 또아리를 틀고 덕룡산 앞 석문천이 흐르는 곳, 즉 옥전마을로 들어가는 입구로 이어지는 산능선을 들어, 길게 뻗어가던 용이 도암 석문 무렵에서부터 자리를 잡고 또아리를 틀고 누워있는 곳이라 하여 용머리라고 부른다. 일제시대 신작로가 놓이기 전까지 면소재지 구실을 했던 항촌項村 마을은 용의 목에 자리 잡은 마을이라는 뜻으로, 사람들은 이렇게 지형을 해석했다.

무엇보다도 다산 정약용의 유배 생활과 관련해 사람들은 만덕리 귤동 일대의 다산초당만을 대표적인 유적지로 꼽는데, 이곳 도암 일대, 그러니까 다산초당에서 성자동 고개를 넘어 석문 남쪽 마을들에도 다산의 흔적들이 많다.

다산은 연례행사처럼 요즘처럼 꽃 피는 봄이 오면 성자동 고개를 넘어 외유外遊를 떠나곤 했는데, 다산이 떠나온다는 기별을 해오면 곧바로 친구(윤서유)가 말과 함께 사람을 보내, 석문에서부터 술잔을 기울이게 했다. 낙지와 은어를 즐겨 먹었다니 어지간한 미각味覺 은 아니었던 것 같다.

그렇게 소석문을 지나서 백련결사의 4대 주맹主盟이었던 진정국사가 말년을 보냈던 용혈암을 지나, 그 아래에 있었던 농산별업에서 친구와 만나 초당에서의 저술 작업에 지친 육신을 쉬었다.

다산은 이곳에서 주작산 암벽을 바라보며 노닐었다. 농산별업에 있었던 12 승경 중 앵자강鸚子江이라고 불렀던 앵무새가 우는 강, 즉 숲을 강으로 묘사했던 그 숲 너머에 있던 주작산을 바라보며 다산은 정조임금을 모시고 조정에서 일하며 바라봤던 도봉산과 인왕산의 바위들을 생각했다. 도암 월하정과 신전 수양리에 걸쳐 있는 농산별업에서 보는 주작산은 주봉의 크고 검은 바윗돌과 큰골, 작은골 봉우리의 바윗돌들이 있는데, 이것들이 마치 자신이 예전에 봤던 도봉산이나 인왕산의 그것과 닮아서 자주 옛날 생각에 잠기곤 했다.

역시 농산별업의 12 승경 중에는 녹음정鹿飮井이라는 우물이 있었는데, 지금은 논으로 쓰기 위해 메워버린 그 우물은 그 위 덕룡산의 사슴들이 내려와 물을 먹는다는 샘이다.

그 사슴의 몸체처럼 덕룡산의 바위는 상서롭기 그지없는 온통 하얀색이다. 물리적으로 규암, 그러니까 유리를 만드는 원료로 쓰이는 돌이었던 까닭에 1980년을 전후해서부터 시작해 지금까지 계속되고 있는 이곳 '만덕광업'의 채굴은 이제 8년인가의 잔여기간을 남겨두고 있다. 8년이 지나면 이제 이곳은 다시 예전의 모습을 되찾게 되는 것이다.

그 이전 그러니까 1980년대 이전에는 우리나라 어디나 그렇듯 덕룡산도 평범하기 그지없는 그저그런 시골 야산에 불과했다. 전기가 들어오지 않고 땔나무가 귀했던 시절이었으니 당연히 이곳은 근동 주민들의 연료 제공처에 지나지 않은 곳이었다.

그러던 이 산이 일반에 알려지기 시작한 것은 여가생활이 생겨나고 등산이 일반화되면서다. 흰 바위 속에 선홍빛 진달래가 피면, 산 능선을 타면서 다도해의 섬들을 바라볼 수 있어서다. 산 위의 거친 바위를 좋아하는 사람들은 공룡능선이라 하며 즐겨 찾는다. 이곳은 남쪽에서부터 봄이 시작되기 때문에, 겨울을 지낸 한해 첫 산행의 출발지로 알려진 것이다.

이즈음 휴일이면 얼추 2~30여 대의 등산객들을 태운 관광버스가 오는데, 정작 여기 사는 사람들에게는 아무런 소득이 돌아오지 않고, 단지 그들이 버리고 가는 쓰레기를 치우느라 주차장을 끼고 있는 수양리 사람들은 골머리를 앓고 있다.

주작산이라는 명명은 이 땅끝 정맥 즉 덕룡산과 오소재 쪽 능선을 날개로 한 거대한 상상의 새 주작을 염두에 둔 지형 해석이다. 어떤 연유에서 이렇게 이름 붙여졌는지는 알 수가 없다. 하지만 누가 어떻게 명명했든 동서남북 중앙, 이렇게 다섯 개 방위각 중 남쪽에 해당하는 이름 주작을 여기에 붙인 건 분명 그럴 만한 이유가 있을 것이다.

이 지명을 바탕으로 이곳 지형을 상상해보면 반도 남쪽 지방에 있는 큰 새가 해 뜨는 동쪽, 그러니까 장흥 천관산 쪽, 더 나아가 태평양을 향해 웅비하는 모습으로 유추해볼 수 있다. 게다가 이 지형은 반도 산의 정맥을 따라 흐르는 곳에 자연스레 위치한 게 아니라 그것이 남쪽으로 흐르다 문득 어느 곳에서 우뚝 솟아오른 형국이다.

어쩌면 그것은 이곳에서 사는 사람들의 현실적 삶에 대한 반증인지도 모른다. 신화와 전설 같은 서사는 그 이야기의 주인공들이 현실의 세계에서 이루지 못한 비원의 바람을 엮어낸 이야기들이 많기 때문이다. [장자莊子]의 첫머리인 '내편', '소요유'조는 이런 이야기로부터 시작된다.

'남명이라는 이상의 세계로 날아가는 붕이라는 큰 새가 있는데, 그 새는 구만리 장천을 높이 날고, 가다가 오동나무 가지가 아니면 앉지를 아니하고, 이슬이 아니면 먹지를 아니한다...'

큰 뜻을 품은 새가 남명이라는 이상의 세계를 향해 날아가는데, 섭생 역시 그 큰 뜻처럼 삿됨이 없이 고고하다. [장자]에서의

봉鵬이 주작과 일치하지는 않지만, 그 내재적 의미망은 일맥상통하는 서사가 주작산에 담겨있는 것이다.

　사람들이 이곳 주작산과 덕룡산을 즐겨 찾는 이유는 산이 낮으면서도 가까이에 다도해의 승경들을 두루 살펴볼 수 있기 때문이다. 이곳에서는 월출산 천황봉, 우수영과 진도, 두륜산과 땅끝, 완도 상황봉, 장흥 천관산과 건너편 대구면의 여개, 천개, 백적산을 다 볼 수 있다.

　이 산 위에서 바라보는 사람 사는 마을들도 정겹다. 완도 고금도 무렵에서부터 내륙 안쪽으로 깊숙이 들어오는 강진만을 바라보고 펼쳐진 마을과 논밭, 길게 뻗은 신작로와 오밀조밀한 산등성이들은 대양을 향해 날아오르려는 큰 뜻을 품은 새가 품 안에 마을들을 품고 있는 형세다.

　2015년 봄

공간, 그 실제와 허구

그동안 나는 15년간이나 뉴미디어를 선호하는 예술가들의 작업을 다루는 일을 해왔다. 그러면서 인터넷 같은 여러 매체의 발달 현상을 봐왔고, 나 스스로도 많이 써왔다.

하지만 지금 나는 자의 반 타의 반으로 여러 매체와 일정한 거리를 두고 있다. 대신 나는 실제의 공간과 거리에서 사람들과 마주치며 지낸다. 몸의 요구에 훨씬 순응하는 생활이다. 이것은 내가 그동안 생각은 해봤으나 몸으로 느껴보지 못한 세계다.

내가 사는 명발당 툇마루에서 바라보면 주작산이 날갯짓을 하며 솟아오른다. 그리 높은 산은 아니지만 유독 바위가 많고 암벽등반을 하는 사람들이 즐겨 찾아올 만큼 거친 산이다. 주작산은 내가 일하면서 보던 예술작품 속의 풍경이 아니다. 내 몸으로 직접 보지 못한 인상파 화가들의 파리 풍경이 아니고, 기암절벽이 우거진 중국 절파풍의 것들과도 다르고, 현대 화가들이 그려내는 도시의 풍경도 아니다.

새벽닭 소리에 잠에서 깨어나 시계를 보니 다섯 시다. 서둘러 몸을 씻고 동네 아짐 세 분을 태우고 마을에서 십 킬로 남짓 떨어진 방조제로 갔다. 거기에 토하젓을 만드는 민물새우가 많기 때문이다. 팔십 가까운 아짐들은 어둠을 헤집고 어구들을 챙겨 허리춤까지 차오르는 물속에 들어가 종일 새우를 잡았다.

그물을 놓고 새우를 걷어 올리고, 다시 그물을 물속에 집어넣는 그 일은 지리한 반복의 연속이다. 아짐들을 여기까지 태워다주는 운전 외엔 별다른 재주가 없는 나는 종일 갈대와 수초 속을 헤치고 다니며, 주위 경관들을 마음속의 카메라에 담아 언제라도 기억을 헤집으면 금방이라도 선하게 인화해낼 수 있을 정도로 채집하고 다녔다.

물 위에 한가로이 떠다니는 물오리들과 같이 이따금 수면과 마주치는 소리가 나곤 했던 아짐들의 새우잡이는 고시가에 등장하는 어옹들과 같지 않다. 하지만 나는 습관적으로 적당한 바람이 불어 일렁이는 물결, 그리고 옅은 구름이 가려준 햇빛을 본다. 아짐들의 새우잡이는 마치 물 위를 헤엄치는 오리처럼 한가해 보이지만, 사실은 사력을 다해 물속의 갈퀴를 젓는 것과 같다.

동네 아짐들은 직접 몸을 움직여 새우를 잡고 있지만, 나는 바라만 보고 있는 것이다. 멀리 완도 장군봉이 보인다. 수평의 물결 너머 보이는 하늘이 우중충하다.

2009년 가을

사의재四宜齋와 아욱국

화태禍胎, 즉 재앙의 근원.

모든 재앙의 근원이 그로부터 비롯된다는 이 말은 정조가 세상을 떠나자 그로부터 가장 총애를 받았던 나산 정약용에게 띄워진 명에였다.

온 집안이 풍비박산 나고 간신히 목숨을 부지해 초겨울 날 선추위에 한양 길을 나선 형제는 나주의 한 주막집에서 헤어져 형은 흑산도로 동생은 강진으로 길을 나눴다. 형이 흑산도에서 세상을 떴으니 이것이 형제간 생의 마지막 순간이었다. 그때 다산의 심경이다.

'초가 주점 새벽 등불 깜박깜박 꺼지려 하는데, 일어나서 샛별 보니 아, 이제는 이별인가. 두 눈만 말뚱말뚱 나도 그도 말이 없어, 목청 억지로 바꾸려니 오열이 되고 마네.'(茶山 詩, 「栗亭別」 중)

그렇게 17일 만에 다다른 반도의 끝 강진에는 그를 반기는 사람은커녕 아는 체 하는 사람조차 없었다. 한때 그의 세상이었다가 노론 벽파들의 세상이 되자 정반대로 하루아침에 대역 죄인이 되어 외진 유배지에 버려진 것이다.

이런 그를 불쌍히 여기고 거처를 마련해준 이가 있었으니, 동문 밖 주막집東門賣飯家 노파였다. 그녀는 기꺼이 비루한 유배객에게 방 한 칸을 비워 기숙하게 해줬다.

그에게 노파는 낙담해 있을 게 아니라 아이들이라도 가르쳐야 하지 않겠느냐?고 힘을 주었다. 그렇게라도 밥벌이를 하라고. 노파는 비록 주모에 불과했지만, 다산이 몰랐던 밑바닥 삶의 깊고 넓은 지혜를 체득하고 있었고, 어떠한 어려움에도 희망의 끈을 놓지 않고 질긴 뿌리처럼 살아가는 민초였다. 그래서 다산은 이렇게 마음을 다잡았다.

'생각은 마땅히 담백해야 하니 담백하지 않은 바가 있으면 그것을 빨리 맑게 해야 하고, 외모는 마땅히 장엄해야 하니 장엄하지 않은 바가 있으면 그것을 빨리 장엄하게 해야 하고, 말은 마땅히 적어야 하니 적지 아니한 바가 있으면 빨리 그쳐야 하고, 움직임은 마땅히 무거워야 하니 무겁지 아니함이 있으면 빨리 더디게 해야 한다.'(다산의 「四宜齋記」 중)

그는 또 그동안 벼슬살이를 하면서는 바빠서 제대로 된 학문을 할 수 없었는데, 이제 시간이 주어졌으니 오히려 이를 만회할 수 있는 절호의 기회로 보았다. 시를 지었다.

'천명이 술에 취해 떠드는 속에, 단정한 선비 하나 의젓하게 있고 보면, 그들 천명이 모두 손가락질하며, 그 한 선비야 미쳤다고 한다네'(다산 시 「憂來」 중)

그로부터 그는 고을에 사는 더벅머리 학동들을 불러 모아 스스로 만든 책(『兒學編』)을 갖고 글을 가르쳤다. 뒤로는 아들과 함께 세상의 원리를 찾을 목적으로 주역을 공부했고, 발목 복숭아뼈가 세 번이나 으스러질 정도로 학문에 몰두해 훗날 여유당전서로 엮인 책들을 완성했다.

그러니까 사의재는 생애 최악의 구렁을 희망의 발판으로 뒤바꿔버린 다산 정약용의 삶의 전환지점이라 할 만하다. 무엇이든 마음먹기에 달렸다는 진리를 이렇게 극명하게 드러낸 것은 다산이 갖고 있었던 고도의 의지력과 소명 의식 때문에 가능했다.

이때 처음으로 다산에게 글을 배우러 온 이가 뒤에 일속산방에 들어가 농사를 지으며 글을 쓰는 학자가 된 치원 황상이다. 갓 천자문이나 뗀 학동이 다산에게 글을 배워, 네 해 뒤에 다산이 흑산도에 있는 형 손암 정약종에게 그의 시를 보내자, 손암은 '과연 다산의 제자 답구나'하고 무릎을 쳤다 한다.

사의재에서 4년을 보낸 다산은 고성사 보은산방과 학림마을을 거쳐 지금의 초당으로 거처를 옮겼는데, 그는 스승의 권유에도 아무도 살지 않고 버려져 있던 땅 일속산방一粟山房으로 들어가 한국의 스콧 니어링 같이 지극한 생태적 삶을 살았다. 그는 누구보다 올곧게 생태 문화적 가치를 실천한 지행일치知行一致의 사표師表 같은 사람이다.

그는 깊은 산속에 들어가 개간을 해서 온갖 곡식과 약초, 꽃과 나무들을 기르고 누에도 치며 조(사투리로는 서숙)밥에 아욱국을 끓여 먹으며, 주경야독의 청빈하고 유유자적한 전원생활을 했다. 사람들이 찾아와도 그는 특별히 다른 음식을 마련하지 않고 자신이 먹고사는 그대로 조밥에 아욱국을 차려냈다.

이 내력을 적은 책이 재작년에 나온 『삶을 바꾼 만남』(정민, 문학동네)이다. 이 두 분의 아름다운 이야기의 흔적이 사의재에 담겨 있다. 사의재는 별 볼품이 없는 초가집 부엌살림에 불과하다.

하지만 이곳은 그렇게 암담한 절망을 희망의 시발점으로 전도시켜버린 내력이 스며있는 곳이다.

지금도 사의재에 가면 이런 이야기를 떠올리며, 작고 허름한 주막에 비집고 들어앉아 다산의 시 「애절양哀切陽」과 「탐진서회耽津敍懷」를 읽으며 아욱국을 먹을 수 있다.

2013년 봄

금곡 미끄럼 바위

벚꽃이 흐드러지게 필 무렵, 강진 군동 금곡사엘 갔다가 미끄럼 바위를 봤다. 그곳은 예전에 읍이나 군동, 칠량, 대구, 마량 사람들이 광주나 서울 같은 대처에 갈 때 넘어가는 까치내재라는 고갯길 한가운데 있다.

고개는 어디나 숨이 가쁜 곳. 도중에 있는 이곳엔 퇴계 이황 선생께서 말하신 '선비가 숨어 살기 적당한 터는 큰 바위가 좌우에서 있어서 바깥세상과 구별하는 대문 구실을 해주는 곳이라야 한다'는 지형과 딱 어울리는 곳이다.

그곳에 금곡사라는 절이 있는데, 길이 7m, 넓이 2.5m쯤 되는 바위가 있다. 계곡 입구에 비스듬히 놓인 그 한가운데엔 사람들이 미끄럼을 타느라 엉덩이에 닳은 자국이 깊고 길게 나 있다. 흐르는 폭포가 만들어낸 것도 아니고, 수많은 사람이 미끄럼을 타서 만들어진 것이다.

하지만 사람들은 그곳에 있는 김삿갓 시비나 보물로 지정된 금곡사 삼층석탑, 그리고 금곡사 경내에 비해 이것은 그다지 주목하지 않는다. 계곡에 들어서자마자 바로 초입에 이것이 있고, 김 삿갓의 시비가 있다. 내용은 '바위는 두 개로 우뚝 섰는데, 물은 합쳐진다'라는, 그의 수많은 시편에 비하자면 그리 특이할 것도 없는 평범한 방랑시다.

금곡사 경내에 있는 삼층석탑은 백제 시대의 양식을 따랐다고 하는데, 솔직히 나는 그다지 큰 감흥을 느낄 수 없었다. 대신 내 눈에 더 들어온 게 미끄럼바위다.

내가 이것을 본 날은 이랬다. 벚꽃이 흐드러지게 핀 어느 봄날, 날마다 출퇴근하는 내 사무실 건너편에 있는 꽃집 아짐이 내게 "오늘 점심밥은 같이 금곡사에 가 꽃비를 맞으며 도시락으로 먹자"고 했다. 점심시간에 차로 5분 걸리는 그곳에 가보니 봄바람에 흩날리는 벚꽃 잎이 마치 눈발 같았다.

그날이 마침 멀리 완도에서 시집 온 꽃집 아짐의 친정오빠 내외가 여동생이 잘 사나 보러 온 날이어서, 아짐 내외랑 다섯이서 나무 아래에 자리를 깔고 앉아 삼겹살을 구워 먹었다. 그 뒤 소화도 시킬 겸 계곡 안에 들어가 경내를 둘러보려다 눈에 띈 게 이것이다.

이 바위는 재를 오르내리다가 잠시 걸음을 멈추고 쉬었던 사람들의 아이들이나, 읍내나 근동에서 이 계곡 안에 있는 물을 맞으러 온 사람, 또는 절에 들렀던 사람들의 아이들이 이곳에서 미끄럼을 타고 놀았던 흔적이다.

이곳에 있는 계곡물은 겨울에는 따뜻하고 여름에는 시원하기가 이를 데 없어서 무더운 한여름이면 근처 사람들의 피서지로 이름나 있다. 사람들은 이곳에 들러 탁족濯足을 하곤 했으므로, 그 어른들을 따라온 아이들이 어른들이 물을 맞거나 술잔을 기울이는 동안 이 바위에서 미끄럼을 타고 놀았을 것이다.

크기와 마모된 상태로 보아 이것은 천년은 족히 넘었을 것 같다. 강진의 대표적인 문화유산이 천 년 전의 고려청자인데, 미끄럼바위는 그보다 전혀 다른 의미의, 이곳에 사는 평범한 사람들의 일상생활과 밀접한 관련이 있는 유산이다.

하지만 사람들이 이것에 그리 주목하지 않는 이유는 문화유산을 대하는 우리들의 관행 때문이다. 김삿갓 시비와 금곡사 삼층석탑에 대한 자세한 안내판이 있고, 사찰 내력이 적힌 것도 있지만, 이 바위에 대한 것은 없으니까 말이다.

경내의 건물 배치는 예전엔 대웅전에서 절 입구로 들어오는 양쪽의 두 암벽을 바라보게 되어있을 것 같았는데, 이즈음 전국 어느 절에서나 그렇듯이 대웅전 앞에 너무 크게 지어놓은 전각과 그리 조화롭지 못해 보인다.

문화유물은 설령 그것이 종교적 의미의 그것이라 하더라도 그것을 뛰어넘는 공공재 혹은 지역문화의 성격이 깃들어 있다. 그런데 그곳에는 스님네들의 사적 관점이나 취향이 너무 깊게 배어있는 것 같다.

그 대웅전 앞마당을 크게 넓히고 높다란 단을 쌓아서 좌우로 굽어 돌아 내려가도록 해놨는데, 쌓아 놓은 돌이 예전 같지 않고, 지나치게 크고 높아 보였다. 새로 지은 요사채는 앞에 있는 석문石門이 가리고 있었다.

미끄럼바위는 그런 변화에도 아랑곳하지 않고 누천년의 모습을 그대로 간직하고 있다. 이것은 오래전부터 아이들이 미끄럼을 타던 곳이었을 수도 있고, 거기에선 꼭 미끄럼을 타야 한다든지 미끄럼을 타면 미끄러지듯 일이 술술 풀린다는가 하는 토속적 비의^{秘意}가 깃들어 있을 수도 있다.

그날 때마침 근처에 있는 초등학생들이 그곳에 구경 왔었는데, 그것을 지나치면서도 이것에 관심을 두는 아이들은 물론 인솔해 온 선생님도 그에 대해선 별 얘기가 없었다. 이제 아이들은 이런 것을 보고도 미끄럼을 타려는 욕구를 느끼지 못하는 모양이다.

만약 아이들이 이 바위에서 미끄럼을 탄다면, 그런 아이는 한결 명랑, 쾌활하고 자신의 몸과 마음을 자연과 밀착해 살아가는 사람으로 커나가지 않을까, 하고 생각해봤다.

2014년 여름

월출산 암혈巖穴

월출산은 우리 지역에서 가장 높고, 온통 바위로 이루어진 암산巖山이다. 우리나라에 불교라는 종교가 들어오기 이전, 특히 애니미즘의 시기에는 자연물에 의지한 신앙이 발달했고, 그것이 토착 신앙으로 전해 내려왔는데, 그리 높지 않은 곳에 우뚝 솟은 이 산은 그런 신앙의 숭배물로 적격이었다.

그곳에는 아홉 개의 구멍이 뚫린 구정봉 말고도 곳곳에 수백 수천의 구멍이 있다. 그것은 자연적으로 생성된 것도 있고, 사람의 손으로 만든 곳도 여럿 있다.

이를 두고, 그것을 만든 사람들이 그런 행동을 위주로 한 모종의 신앙적 체계를 가졌다는 것을 말해준다는 암혈巖穴 신앙 혹은 구멍 신앙이라고 이야기하는 사람도 있다. 하지만 아직 이것들에 대한 정밀한 규명은 이뤄지지 않았다. 오래전 미학자 조자룡 선생이 한 말이다. 몇 해 전에는 어느 사진작가가 그 많은 구멍바위의 형상들을 촬영해 사진집을 냈다고 한다. 구림마을에서는 근래까지도 아들을 낳고자 하는 여인들이 그것 주위를 갈아내 먹었다고 한다.

불교가 유입된 이래 월출산에는 이런 토속신앙을 대체해 수많은 사찰이 들어섰는데, 도림사와 성풍사, 천은사, 월남사, 무위사

등이 그것이다. 더불어 조금 더 떨어진 곳에 있는 두륜산 대흥사나 만덕산 백련사, 가지산 보림사까지 이 자장 안에 넣는다면 이일대는 가히 사찰의 밀집 지대다.

그 남사면에 있는 월남마을은 그런 산의 위용을 뒤로하고 남쪽의 해를 맞는 따뜻한 마을이다. 강진과 영암에 걸쳐 있는 이 산 누리령을 넘어 사람들이 외지에 오갔고, 그 때문에 이를 읊은 사람들의 노래가 많이 남아 있다. 거기에는 사람들이 외지에 나갔다가 그 고개를 넘어서면서부터 비로소 따뜻한 느낌을 받는다는 내용이 담겨 있다.

이런 땅의 정기를 오롯이 취하고자 하는 이 중 한 분이 원주이씨 담로^{聃老}(1627~?)로 지금의 성전면 금당리에 터전을 뒀던 이다. 그는 그 월출산 계곡물이 흘러드는 백운동 계곡에 집을 짓고 은자隱者라 자처했다.

옥판봉에서 흘러내리는 물을 그냥 보내기 아쉬워 아홉 굽이 유상곡수를 만들고 정자를 앉혔으며 차를 끓여 절친한 시인 묵객들을 불러들였다. 꽃과 나무를 기르고, 계곡에 눈을 두었다가 다시 고개를 높이 들어 봉우리를 쳐다보며 이 천하의 절경을 완상玩賞하는 것만으로도 그의 일생은 차고 넘쳤다.

그 뒤로도 그의 후손들은 대대로 이 집을 지키며 살아오고 있다. 지금도 그곳에는 따뜻한 햇볕이 내리쬐고 있을 것이다.

2011년 봄

햇살이 부서지는 포구

- 해남 현산 백방포

나는 집에 공재 윤두서의 자화상을 신주처럼 모시고 있다. 초상화가 가르쳐줄지도 모르는 세상살이의 묘법妙法을 헤아려보고 싶어서다. 밤늦도록 혼자 있을 때, 문득 그림 속의 시선과 마주치면, 내게 무슨 말인가를 건네는 듯 하기도 하고, 삿된 것들을 물리치는 일종의 벽사辟邪의 기운을 느끼기도 한다.

내게 한국 미술사를 가르쳐 줬던 학교 적 선생님은 그의 생애와 그림들을 두고 입에 침이 마르도록 칭송을 그치지 않으면서, 광주의 젊은 학생들이 그런 것들을 더 깊이 공부하기를 원하셨지만, 아직 피가 뜨거웠던 제자들은 그 말을 한 귀로 흘려들었다. 후회는 금방이었다. 미술 전시와 관련된 직장에 다니는 내내 내게 그 말은 큰 아쉬움으로 남았다. 뒤로도 그랬다. 어른 얘기를 들으면 자다가도 떡을 얻어먹는다는데, 종종 나는 그때 왜 그 선생님의 말씀을 듣지 않았던가를 자책했었다.

현산면 백포리는 그의 공간이다. 스물다섯 살에 진사가 된 뒤, 세상에 나아가지 못한 한 지식인의 삶이 그 집에 스며 있다. 한쪽에는 아직 사람이 살고 있지만, 담을 막은 다른 한쪽에서는 사람의 온기가 떠난 지 오래다. 젊은 시절에 친부모와 양부모를 모두 잃었다는 그는 뒤로도 사화와 당쟁의 과정 중에 지인들과 집안의 몰락을 지켜봤고, 그런 세상과 자신 사이에 너무 큰 간극을 느꼈다. 공재는 그런 슬픔을 안은 채 해남 읍내 연동과 이곳을 무시로 오갔다. 생가 바로 뒤에 그의 묘가 있다. 거기 선생의 생애가 적힌 비가 있고, 그 뒤엔 커다란 해송 한그루가 서 있다. 그 나무 밑에 서면 그 묘가 만들어내는 선과 그가 태어나 자랐던 고택, 그리고 멀리 백방포를 한눈에 볼 수 있다.

사람들은 풍수적 식견을 끌어모아 그곳의 생김새를 말하는데, 나는 그 복잡한 말들의 의미에 대해 잘 알지도 못하고 그 늪에 빠지고 싶은 생각도 없어서 그저 범부의 생각으로 그 지세를 대한다. 그런데도 이곳은 내 눈을 끌어당긴다.

뒷산이 있고, 좌우로 팔을 벌리듯 산자락이 이어졌고, 한쪽은 안산인 양 더욱 앞으로 돌아나와 있다. 백미는 바다다. 그 앞바다는 눈이 가는 여자의 미간 같다. 잔바람에 일렁이는 파도가 햇살을 받아 하얗게 빛난다.

2011년 봄

제4부

흔적

해인사 노스님의 누룽지 공양

그해 겨울, 해인사로 가는 도중에 털털거리는 완행버스 안에서 바라본 가야산 물줄기는 맑았고, 산채를 캐오는 나이 어린 여스님들의 웃음도 해맑았다. 세속을 떠나 이른 새벽부터 대웅전 부처님 앞에서 두 무릎과 팔꿈치가 다 까지도록 절을 올리고, 이승을 벗어나 나는 머리를 깎고 참 나를 찾기 위한 생활에 들어갔다.

법보도량 해인사 행자들의 생활은 엄격했다. 새벽 세 시에 도량석을 도는 스님의 목탁 소리를 듣고 일어나 몇백 명 스님들의 밥을 짓고, 찬가지를 챙겨서 상을 차렸다. 아침 공양 뒷정리를 마치고 나면 어느새 해는 중천에 떠 있고, 틈나는 사이사이에 아궁이에 불을 지피면서도 졸린 눈을 부비면서 불경들을 외웠다. 땔나무를 하면서도, 심지어는 그릇을 닦으면서도 우리는 오롯한 그 뜻을 알지 못하는 불경들을 외웠다. 밤 열한 시 잠자리에 들기까지 우리는 쉴 새 없이 몸을 움직여야 했다.

그해 겨울은 무척이나 추웠다, 그래도 우리는 따뜻한 물로 세수를 하면 물속에 사는 작은 생명이 물의 온도 때문에 죽을지 모른다 해서 찬물로 세수를 하곤 했다. 속세의 때를 벗고, 오직 진리의 세계에 들기 위해, 열서너 행자들은 그렇게 하루하루를 보냈다.

우리는 밥알 하나, 찬거리 하나 버리는 법이 없었다. 한번은 큰 절에서 한참 떨어진 암자에 계시는 노스님의 공양을 가져다주던 선배 행자가 가다가 밥을 엎질러버렸는데, 우리는 그걸 버렸다가 날 난리를 생각해, 흙 범벅이 된 밥을 물로 깨끗이 씻어 나눠 먹었다. 입안에서 밥과 함께 모래알이 싸그락 거렸다.

기억나는 노스님이 있다. 밤늦게 선방 어느 수좌가 나더러 저녁 설거지를 한 뒤에 누룽지를 노란 봉투에 담아서 한 곳에 놓아두라고 했다. 해서 나는 웬 선방 수좌가 참선은 하지 않고 몰래 누룽지만 씹어 먹나 하고 생각했다. 그러나 듣고 본 그 사연은 아련했다. 나이 들어 참선마저 곤란한 노스님이 있는데, 그 노스님은 세도 같은 게 없었던지 상좌스님을 두지 못했고, 그래서 수발을 해주는 스님이 없다고 했다. 내게 누룽지를 챙겨두라고 한 그 선방 수좌스님이 노스님이 계시는 방문 앞에 누룽지 봉투를 가져다 놓으면, 노스님은 그걸 공양 그릇에 물과 함께 부어 밤새 불렸다가는 이튿날 아침에 그것을 드신다는 거였다. 그렇게 노스님은 하루에 딱 한 끼 누룽지 공양을 하시는데, 나이 들어 참선 공부도 못하는 처지에 신도들이 가져온 쌀을 축낼 수 없어 누룽지로 공양을 대신한다는 거였다.

20년이 지난 일이다. 나는 세속으로 돌아왔지만, 그때 함께 정진하던 행자 스님들은 지금 종단의 중책을 맡거나, 선방에서 하안거 정진수행에 여념이 없을 것이다. 그런데 최근 안타까운 소식을 들었다. 해인사 도량에 40미터짜리 청동 대불을 세우려는 계획에 실상사 수경스님이 문제 제기를 했고, 하안거 중이던 20여 해인사 선방 수좌들이 실상사 수경스님의 거처에 몰려가 난동을 피웠다는 것이다. 백련암에 기거하시던 성철스님 유지니, 아니니 해석이 분분한 모양이다.

나는 진리를 위해서는 부처도 깨트리라는 불법이, 고요히 마음자리의 본성을 찾는 선 수행이, 수십 년간 면벽 수행하시던 성철스님의 용맹정진이 수십억 불자들의 돈이 들어가는 대불을 모시라고 했을 리 없다고 생각한다. 그것은 재가불자들의 수행은 물론 불법과 선수행과 입적하신 노스님들을 욕보이는, 선방 수좌들이 가장 경계해야 할 마구니다.

여름 해인사에는 유독 계곡물이 맑았다. 신록이 우거진 가야산 경내도 그렇다. 그 맑은 세계에 정진하시는 선방 스님들이 지금이라도 늦지 않았으니, 20년 전에 하루 한 끼씩 누룽지공양을 하셨던 그 노스님 생각을 해줬으면 좋겠다.

2001년 여름

서울길, 묘

전주에 사는 형 집에서 추석 차례를 지내고 광주로 오는 길, 장성휴게소와 갈재 사이에 있는 묘를 지나왔다.

그 묘는 길가 얕고 비스듬한 산에 있는데, 내가 20여 년 전부터 형의 제사를 지내러 오가는 길에 지나가면서 꼭꼭 눈여겨봤던 것이다. 그 묘는 어느 묘에나 흔히 보이는 석물이 전혀 없이 묏봉만 단정한데, 자연스레 자란 나무들이 주변을 두르고 있다.

그 묘를 보면 나는 시골 사람들이 도시로 나가 사는 것과 죽음, 그리고 후손들이 그것을 대하는 태도가 떠오른다.

시골에서 태어난 나는 중학교를 졸업하고, 고등학교 때 광주라는 휘황찬란한 대처로 나와 지금까지 눌러사는데, 그때부터 지금까지 광주와 강진 시골집을 오가는 비용도 어지간히 많이 들었다. 대학을 졸업하고는 또 서울을 많이 오갔는데, 광주에서 서울을 오가는 비용도 만만치 않았다. 서울 사는 이들은 파리나 뉴욕을 오가는데, 상당한 비용을 들였을 것이다. 주변부에서 태어난 사람들이 어쩔 수 없이 치러야 하는 값이다.

그래서인지 다산 정약용은, 모두가 우러르는 석학인데도, 귀양 중에 남한강 근처 양수리에서 성장해가는 아들에게 보낸 편지에서 '너는 사정이 어지간하면 한양 사대문 밖에 살지 말고 어떻게 해서든 사대문 안에서 살아라…. 것도 힘들거든 사대문 가까운 곳에서는 살아야 한다…. 그래야 여러 가지 보고 듣는 게 많고 기회들이 많다….'고 했다는 말에, 잠시 정나미가 떨어진 적이 있다.

우리 집에는 서울길에 얽힌 가슴 아픈 이야기가 있다. 조선 시대 말, 과거제도가 없어지기 직전 일이다. 내 고조할아버지는 시골에서 글자를 익혀 한양에 가 벼슬을 얻어 보겠다고 바랑을 짊어지고 과거 길을 나섰다. 음력 섣달에 출발해 정월 초에 시험을 봐야 했다. 그런데 할아버지는 한겨울에 한양까지 가기는 갔지만, 정작 도착해서는 시험장에도 못 가보고 그만 돌아가시고 말았다. 가는 길의 혹독한 추위 때문에 알 수 없는 병에 걸리고 만 것이다. 당시 먼 친척 집에서 알음알이로 거처를 부탁해 묵고 계셨는데, 갑자기 돌아가시자 그분들이 근처 인왕산에 묘를 썼다가 어린 아들인 증조할아버지가 장성해서야 유골을 지게에 지고 시골로 모셔왔다.

나보다 여섯 살 더 먹은 형도 직장 때문에 서울에서 살다가 사고로 돌아가셨다. 그때 조카들이 서너 살 정도 되었을 땐데, 서울에서 시골로 유해를 모셔 묘를 써 놓고, 서울에 있는 형 집으로 갔다가 삼우제를 치르려고 다시 돌아오던 때가 생각난다. 조카들을 떼어놓고 형수와 와야 했는데, 자신들을 두고 가는 엄마를 보고 엄마 어디 가느냐며 숨이 넘어갈 듯 울었다.

다른 형제자매들도 모두 도시에 나와 사는데, 이렇듯 명절이 되면 모두 만나 차례를 지내고, 그러다 자연히 하게 되는 얘기가 고향과 도시에서 사는 이야기, 고조할아버지 얘기다. 땅에 의지해 살 때와 달리 벼슬길에 나가려 했거나 변화한 세상에 맞춰 밥벌이해야 했기 때문에 나와 가족들은 부득불 도시로 나와야 했고, 대부분 서울에서 산다.

그런 내 눈에 서울을 오가는 갈재 근처에 있는 그 묘가 유난히 달리 보이는 것이다. 거기에는 다른 이유도 있다. 항상 이 묘는 누군가가 벌초를 해 놓아서 말끔한 상태다. 나는 해마다 추석이면 시골에 가서 벌초를 하는데, 대부분 그렇듯 딱 일 년에 한 번뿐이다. 그러나 그 묘는 후손들이 얼마나 부지런한지 볼 때마다 깔끔한 모습이었다.

서울로 가는 길은 비단 물리적인 의미의 거리뿐만이 아니다. 시골에서 태어나 자랐지만 더 나은 삶의 조건을 향해 부나방처럼 빛을 따라 변화를 거듭해야 했던 나와 우리들의 과거다. 그렇게 고향을 떠나와 나는 손가락 열 개를 다 꼽아도 부족할 만큼 여러 군데에 있는 집으로 옮겨가며 살았고, 내가 지금 사는 집에서 또 얼마를 살지 모를 일이다.

며칠 전 세상을 떠난 미술평론을 했던 형와 묘에 관한 얘기를 많이 했다. 죽음을 눈앞에 둔 그였기에 그랬을 것이다. 형은 시골에 있는 선산 사진을 보여줬는데, 현재 상태와 표지석만 남겨두고 봉분을 없앤 채 나무들로 둘러싸인 모습을 그래픽 처리한 사진을 비교해서 보여줬다.

그리고 형은 말했다. 선산에 모셔진 유골을 화장해 목함에 담아서 나무 밑에 묻고, 정 아쉬우면 걸터앉을 의자나 자그마한 표식 하나 세워두면 좋겠다고. 거기에 조금만 더 여유를 부리자면 그 곁에 감이나 밤 같은 과일나무를 심어서, 거기 열매가 열리면 누군가 가을에 와서 따 먹으면 좋겠다고.

장성 갈재에 있는 그 묘는 이런 내 가족사의 편린과 서울길을 생각나게 한다.

2006년 가을

고달픈 삶의 빛깔

- 산벚꽃 지고 난 뒤

우르르 쾅, 쾅! 귀청이 터질 듯 내리치는 벼락 소리에 깜짝 놀라 잠에서 깨어났다. 너무 소리가 커서 혹시나 바로 집 앞에 있는 전봇대가 쓰러지지 않았나 살펴봤지만, 다행히 그런 일은 없었다. 사월도 절반을 훌쩍 넘겨 가던 엊그제 아침이었다. 토방마루에 서서 앞산 기슭을 쳐다봤다. 미명을 털고 이제 막 색깔들의 향연이 펼쳐지려던 순간, 그리 밝지 않은 산 능선 빛줄기를 따라 배추 속잎처럼 옅은 녹색의 이파리들이 강한 비바람에 몸을 심하게 뒤척이고 있었다.

바로 며칠 전까지만 해도 세상은 온통 산벚꽃 천지였다. 이곳 남도의 어느 산하에서나 흔히 볼 수 있었던 그것은 이제, 이 비가 그치면 흔적 없이 자취를 감출 것이다. 대신, 짙은 녹색 잎새들이 물결칠 것이다.

두 해 전 어느 봄날, 회색의 콘크리트가 짓누르는 일상의 무게가 싫어 도시 생활을 그만두고 이곳 고향 집으로 살러 오려고 할 때, 내가 태어나자마자 시집을 가버렸던 산이면 고모 집에 난생처음으로 찾아갔다. 이곳에서 태어났지만 도시로 떠나가서 살아왔기에 고향마을엔 부모 형제는 물론 가까운 일가친척도 그리

많지 않았다.

먼 산에 흩뿌려진 꽃잎들이 늦은 바람을 타고 눈발처럼 흩날리던 무렵이었다. 생전 내왕이 없다가 문득 찾아간 내게 고모는 말했다. 이 징글징글한 고향 집이 뭐가 좋아서 다시 들어오느냐고. 당신은 어렸을 적 친정집 가난이 떠올리기조차 싫다고 했다. 언젠가 고모는 처녀 때 밥 지을 쌀을 퍼내다가 이내 바가지가 쌀독 바닥에 닿는 소리가 났을 때를 말한 적이 있다. 그래서 고모는 이즈음 남들이 다 좋아하는 보리밥이나 고구마 같은 생채식도 싫다 했다.

고모에게는 도시에서 직장생활 번듯하게 하던, 사지 멀쩡한 조카가 시골에 산다는 것 자체가 못마땅 했을 지도 모른다. 빌어먹어도 도시살이가 촌구석 살림보다 백배는 더 낫다고 생각할것이다. 연녹색에 그런 고모 얼굴이 겹쳐진다. 꽃잎이 지고 푸르러가는 이파리들이 바람에 쓸려 뒤척인다

텃밭이 넓은 고모 집에는 키 큰 매화나무, 밑동 굵은 유자나무, 감나무, 모과나무같이 오래된 나무들이 많았다. 시집 가 친정집이 그리울 때마다 고모는 그 나무들을 쳐다보며 시름을 달랬을 것이다. 그 마당 한쪽에 있는 꽃밭에선 파랗게 싹이 올라오고 있었다. 비닐봉지에 그 꽃 몇 송이를 가져와 우리 집 마당 가에 심었었다.

얼마 전 그것이 꽃을 피웠다. 검붉은 튤립꽃이 진초록 잎새 속에 자지러져 있다.

2011년 봄

파장波長의 시간

그녀가 세상을 떠났다.

아침에 한듬재 아래에 사는 주호 형님과 일지암 보수작업에 관한 이런저런 얘길 나누다 남창 북평중학교에서 노래를 가르치는 나무 박양희를 집에 데려다주고, 일지암에 올라가니 객으로 오신 스님이 어떤 보살과 차를 마시고 계셨다.

4월 22일, 오늘은 돌아가신 최하림 선생님의 7주기가 되는 날이다. 오후 내내 오소재 너머 선생께서 태어난 안좌도 쪽 바다를 바라보다, 숲길을 걷다, 선생님을 기억하는 낙서 글을 끄적였다. 또 차를 마시다가 산그늘이 지기 전에 암자를 내려와 명발당으로 돌아가는 길에 나무가 보낸 메시지를 봤다.

'오늘 4월 22일이 박희인 기일이 되어 부렀네'

사위가 어두워질 때까지 서성거리다 답을 보냈다.

'또 한 별이 날아가는구나. 어차피 세상은 헤어지고 만나는 것. 고요히 영혼에게 작별 드린다. 북쪽의 별 하나가 유난히도 처연하다.'

나는 박희인 선생의 삶을 잘 알지 못한다. 나와 동갑내기라는 것만 선명하다. 언젠가 일지암에 걸어 올라가면서 나무로부터, 태어날 때부터 짐작할 수조차 없을 정도로 힘이 든 인생살이를 겪어, 노래를 좋아하고, 커피 로스팅을 좋아한다는 얘기를 들었다.

작년에 이미 몸이 많이 안 좋아서 마음의 준비를 하고 있다고 했다. 그 얘길 들었던 시간 나는 무얼 생각했을까? 사람 살이의 나이테에는 결코 그것과 어울릴 수 없는 옹이가 있다. 누군들 숨기고 싶은 사연들이 없겠는가만, 나에게도 상처들은 켜켜이 남아 있어서, 나는 나무에게 이렇게 말한 적이 있다.

"정상적으로 잘 먹고 잘 사는 놈은 일지암에 하나도 안 와야. 죄다 어디 한쪽이 부서졌거나 찌그러졌거나, 비정상인 사람들만 와야"

일지암에서 열렸던 풍류마당 '일지풍월-담소'가 열렸을 때마다 그녀는 대전에서 예까지 커피를 볶아와 사람들에게 끓여줬다. 그날 먹을 분량만이 아니라 바구니에 가득 담아와 나랑, 한보리 형이랑, 나무랑, 또다른 누구에게 한 봉지씩 나눠주곤 했다.

다소곳이 앉아 커피를 내리는 그녀를 보며 난 더러 적막한 시간을 생각했다.

무슨 생각에서였을까? 금년 초 나는 존 버거가 세상을 떠났다는 소식을 듣고 문득 그녀가 생각나 그의 책 『글로 쓴 사진』(김우룡譯, 열화당)을 보냈다.

BBC PD로, 미술평론가, 화가, 사회비평가로 바쁘게 살다가 어느 날 훌쩍 피레네산맥에 있는 작은 산골 마을로 숨어 들어가 포도밭을 일구고 있는데, 이전에 알고 지내던 한 여자가 찾아와 옛날의 흐릿한 기억을 사진과 글로 적어냈던 글귀가 생각나서였다. 그랬더니 박희인 선생은 좋아라 하며 그의 책들을 줄줄 읽었다.

그녀는 매달 첫 토요일에 하는 일지풍월-담소에 빠짐없이 꼭꼭 왔다. 언젠가 공양을 하는데, 밥을 먹지 못하는 거였다. 죽밖에 못 먹는다고 했다. 그래도 그녀는 포기하지 않았다. 그녀의 눈빛은 여전히 조용한 시간 속에 있었지만, 결코 어둡지 않아 보였다.

두어 달 전이던가? 나는 녹우당에서 나오는 길에 주차장에서 한보리 형과 차를 타고 내려서 숲길을 산책하려던 그녀를 봤다. 그 무렵 박희인 선생은 좋아했던 노래꾼 한보리 형의 숙소에서 같이 지냈다.

돈이 없어서 보리형은 지금 노래를 하지 못하고 나무의 오빠와 함께 집을 짓는 일을 하고 있는데, 그때 사용했던 숙소인 해남군 현산면 구시리 생태학교에서 누워 지냈던 것이다. 최근에는 보리 형이 현장을 순천으로 옮기자 그녀도 따라가 같이 지냈다. 대전에 있는 병원으로 간 것은 바로 며칠 전이었다.

작년 이맘때 쯤 나는 한보리 형이 세상은 파장波長이라고 얘기하는 걸 들은 적이 있다. 형은 사람의 육신에서 혼이 나가도 그것은 파장이라고 했다. 그 파장을 좋아했고, 커피를 좋아했고, 무엇보다 강팍한 세상을 따뜻하게 살다 간 그녀의 또다른 삶에 노래가 함께 있길 빈다.

2017년 봄

달마의 뒤란

내가 고향으로 돌아온 이유는 여러 가지인데, 그중 하나는 30년간의 도시 생활에서 몸도 마음도 모두 상해버린 때문이다. 돌아갈 곳은 고향밖에 없었다. 고향이라지만, 우리 집 식구 이름으로 된 땅 한 뙈기, 집 한 칸이 없다. 해서 비어 있던 문중 종갓집을 관리인 겸 청소나 깨끗이 하고 살라는 집안 어른들의 배려로 지금껏 살고 있다.

김태정 시인과는 일면식도 없다. 그녀를 알게 된 것은 친하게 지냈던 소설가 공선옥을 통해서였다. 그리고 그녀에 대한 여러 가지를 알게 되었고, 뒤로 김 시인은 내게 너무 친숙하게 느껴졌다. 그녀의 시집을 읽고 또 읽었다. 사진 속 얼굴도, 시구들도 내게는 너무 깊게 박혀 온다. 그녀는 나와 동갑이고, 시를 썼었고, 80년의 젊음의 질곡을 함께 지내왔고, 동병상련처럼 또 그 강을 건너지 못했고, 몸이 상한 것도 똑같다. 나는 2002년에 직장을 다니다 큰 사고를 당했지만 1년여만의 투병 끝에 회생의 길로 들어섰다. 하지만, 한번 상한 몸은 이전의 상태 같지 않다.

내 고향에 몸을 의탁한 그녀에게 나는 얼마나 진한 상련의 느낌을 받는지 모른다. 2011년, 미황사에서 김태정의 장례식을 마친 소설가 공선옥이 근처 강진에 있는 내게로 왔다. 우리는 술을 마셨다. 그녀는 술을 마시며 "내 친구 태정이가 죽었다"며 서럽게 울었다. 그는 전에도 숱한 고통의 순간들을 맞았겠지만, 나는 그가 그렇게 슬퍼하던 모습을 이전에 보지 못했다.

그 와중에 나는 소개 좀 해주지라며 그녀를 힐난했다. 하지만 공선옥은 내가 고향으로 돌아온 2009년에 이미 김 시인의 몸은 낯선 사람을 만나는 것조차 버거울 상태여서 내게 그녀를 소개해주지 못했다고 했다.

고향에 돌아온 1년 동안 나는 거의 아무 일도 하지 않고 지냈었다. 30년간의 광주 생활에서 너무 지쳐 있었기 때문이었다. 사람도 거의 만나지 않았다. 하루에 한 끼 정도나 먹었을까? 배가 고프면 먹고, 늦잠을 자고, 해가 기울 무렵이면 하릴없이 어렸을 때 땔나무를 하러 갔던 덕룡산에 올라가 노을을 바라봤다.

밤이면 차를 몰고 완도 정도리 구계등에 가 밤바다를 보며 새우깡에 막걸리를 마시다 돌아왔고, 눈발이 흩날리는 밤 바닷가를 쏘다녔다. 고천암의 갈대밭, 월출산 구정봉의 달빛, 탐진강…. 가까이 있는, 내 몸으로 벅차지 않게 갈 수 있는 곳에 가 마음을 달래곤 했다.

그 무렵에 김 시인은 죽음을 기다리고 있었다. 한 달 10만 원, 5만 원으로 생활했다고 하니, 아마 나는 그녀보다 처지가 더 나았을지도 모르겠다. 그가 지내고 있었다는 미황사에도 자주 갔다. 하지만 나는 늘 혼자였고, 게다가 갔다가 곧장 돌아오곤 했으니 그녀의 소식을 들은 적이 없었다.

내게 미황사는 몸과 마음이 극한에 닿은 김 시인이 깃들어 지내는 곳이자, 부도전의 문양들과 대웅전 주춧돌의 게와 거북이 있는 곳이다. 그녀가 그곳에서 세상을 떠난 이듬해 봄, 미황사에 들렀다가 서부도로 가려 했을 때, 어느 동백나무 밑에 꽃송이가 놓여 있었다. 직감적으로 나는 그 꽃들이 시인을 기리는 것이라고 생각했고, 바로 그곳에 유분을 묻었으리라고 짐작했다.

나는 대학 때 시를 썼었지만, 계속해서 쓰진 못했다. 시인들은 시를 먹고 산다지만, 나는 그렇지 못했다. 내게 시는 칼이 아니었고, 일용할 양식이 되지 못해서 그렇고 그런 현장을 부둥켜안고 있었고, 나날이 허기를 채울 돈을 벌어야 했다. 청춘이었지만 늘 죽음들과 같이 지냈고, 교지, 사회단체, 출판사, 잡지사, 비엔날레 같은 곳을 전전하며 지내왔다.

김사인 시인이 쓴 김 시인에 대한 추모시에는, 그녀가 공선옥이 소설가가 되기 전, 서울 작가회의 문예 교실에 다닐 때, 공선옥이 강의를 들을 수 있도록 그녀가 데려온 두 아이를 돌봐주곤 했다는 이야기가 있다. 사람들이 느낌을 알 수 있을까? 언젠가 공선옥은 내게 '내가 소설을 쓰려고 한 이유는 원고료를 받아 생활비를 충당할 수 있어서'라고 말한 적이 있다. 그녀에게 소설은, 광주에서 이혼하고, 두 아이를 데리고 살려고 구로공단 미싱사 시다로 들어가 꿈꿨던 피안이었을 것이다. 그래서 작가회의 강좌에 나갔고, 거기에서 김 시인을 만났다.

어느 해였을까. 창작과 비평에 공선옥의 소설 「씨앗불」이 등단작으로 발표되어 나왔을 때, 광주에서 잡지사 기자 일을 하고 있었던 나는, 얼마나 기뻐했는지 모른다.

대학 2학년 때 나는 교지 편집위원이었었는데, 문학상 공모에 우리 과 한 여학생이 응모를 했었다. 원고는 여름방학 때 접수했다. 해서 개학을 하면 그 여학생을 만나볼 수 있으려니 하고 부푼 기대에 차 있었다. 하지만 2학기에 되어서도 캠퍼스에서 그녀의 얼굴을 볼 수 없었다. 그 이유는 너무 아픈 것이어서 말할 수 없지만, 그때 그녀는 스스로 학교를 그만둬 버렸다.

나는 여러 사람에게 그녀의 소식을 수소문했다. 그리고 어렴풋이 그녀의 사연을 추측할 수 있었다. 내가 그녀의 뒷모습을 알아차렸을 무렵, 훗날 그녀는 완도행 완행버스 차장이 되어 "오라이"를 외치며 밤늦은 시간 내 고향마을 앞을 오갔다고 했다.

창작과비평사에서 그녀의 전화번호를 알아내 전화를 했다. 얼마나 반가웠던지. 뒤로 그녀는 광주 월산동 달동네로 이사 와, 어린 두 딸을 데리고 어떻게든 살아보려고 발버둥을 치고 있었는데, 그곳에 가보고, 나는 또 얼마나 가슴이 아팠는지 모른다. 구절양장 같은 골목 끝 단칸방인 그곳은 화장실은 물론 부엌도 따로 있는 게 아니라 그냥 연탄 화덕만 달려 있었다.

2002년, 내가 광주비엔날레를 다니다 쓰러져 사경을 헤매다 겨우 몸을 추스렸을 때, 공선옥은 몸짓은 물론 말조차 더듬거리는 나를 보고 많이 가슴 아파했었다. 그때 어느 글에 내 이야기를 쓴 기억이 난다.

어느 시인은 김 시인의 죽음을 '식물성'이라고 표현했는데, 정확한 통찰 같다. 그러나 그녀에게 그런 세상은 다가오지 않는 것이었다. '사랑도 명예도 이름도 남김없이' 살자고 노래했던 사람들의 변화들도 그녀에겐 탐탁지 않았을 듯하고, 그렇지만 의연히 살아갈 수도, 갑작스레 사라져갈 수도 없었을 것만 같다.

한번 시의 별빛을 바라봤던 사람은 죽도록 그 빛을 잊지 못한다. 내가 시골에 돌아와 지내는 것도 그런 이유 중 하나다. 이런 내 일상 중에 그녀의 시구들이 자주 생각난다. 딱 한 권으로 종지부를 찍은, 그녀가 직조한 말들이 내 일상의 주변을 떠나지 않는다. 그녀가 장춘동에서 죽음을 바라보며 쓴 시 「달마의 뒤란」에는 이렇게 적혀 있다.

'이 세상이 이 세상 같지 않고, 오늘 밤이 오늘 밤 같지 않고, 어제가 어제 같지 않고, 내일이 내일 같지 않고, 다만 맑은 간장 빛 같은 어둠이 가득하다.'

2016년 여름

추억 속의 노래 1
- 「광주출정가」

동지들 모여서 함께 나가자 무등산 정기가 우리에게 있다
무엇이 두려우랴 출정하여라 영원한 민주화 행진을 위해
나가 나가 도청을 향해 출정가를 힘차게 힘차게 부르세
투쟁의 깃발이 높이 솟았다 혁명의 정기가 우리에게 있다
무엇이 두려우랴 출정하여라 억눌린 민중의 해방을 위해
나가 나가 목숨을 걸고 출정가를 힘차게 힘차게 부르세
- 「광주출정가」(정세현 작곡, 최은기 작사)

이 노래가 처음 나온 건 1984년이었다. 스님이 됐다가 지금은
고인이 된 범능스님 정세현이 곡을 짓고, 최은기 씨라는 분이 노
랫말을 지었다. 다시 들어보니 군대 행진곡 타입의 힘찬 정기가,
인터네셔널가나 러시아 군가, 프랑스 국가를 듣는 것만큼이나 힘
있고 진취적이다. 그 무렵의 시대적 분위기가 그랬다.
1980년 5·18 이후 학생운동이 폭발적으로 일어났고, 대학별 공

식 조직이 만들어지기 시작했는데, 삼민투, 전대협, 한총련으로 이어졌다. 내가 학교에 다닐 때는 삼민투였다.

우리 세대 광주 친구들이 충장로 '아라모드 당구장 사건'을 기억할는지 모르겠다. 나도 어렴풋하다. 화염병이 처음으로 가투에 등장하던 무렵의 사건이다. 그 바로 얼마 후에 쇠파이프가 등장했다. 이런 과정을 얘기하자면 우리가 얼마나 당했는가를 얘기해야 하는데, 맨손으로 가투에 갔다가 스크럼을 짠 채 전경들에게 토끼몰이를 당하면 머리 위로 수없는 사과탄이 터지고, 우리가 기진맥진해 컥컥거리며 바닥에 뒹굴면, 또 바닥으로 사과탄을 굴려 넣어서 모두 죽기 직전이었다. 군대에 가 화생방 훈련도 해봤지만, 그건 애들 장난 같은 거였다.

그 무렵, 한번은 세미나 방 현장을 급습한 '짭새들'에게 달려 들어간 적이 있는데 이유 불문하고 일단 개 패듯 얻어맞고 나서야 무슨 말이 시작됐다. 그렇게 패 놓고 나서 피를 닦아주고 담배를 하나 줬다. 지금도 난 친구들에게 늘 미안한데, 유독 겁이 많고 유약한 데다가 맷집도 없어서 두들겨 맞기만 하면 아는 건 뭐든지 까발린 것이다. 나처럼 그렇지 않고, 고문을 받았거나 감옥생활을 했거나 죽임을 당했던 이들을 나는 여느 성인군자 못지않게 존경한다.

그렇게 형사들은 물론 시위 현장에서 전경들에게 당하다가 들고 나온 게 화염병과 쇠파이프였다. 처음으로 쇠파이프를 들고 가투에 나갔던 때가 희미하게 떠오른다. 그땐 내가 좀 건장했던지, 스크럼 앞에서 둘째 줄 맨 가 쪽에 있었고 금남로에서 계림극장 쪽으로 대열이 밀리면서 쇠 방망이가 날아들었고, 우린 그때 아마 처음으로 쇠파이프를 휘둘렀는데 그들에 비하면 우리의 쇠파이프는 장난감 수준이었다. 누가 내게 그걸 쥐여줬을까? 또렷이 기억나는 건 그때 우리 대열이 밀리면서, 방망이들이 날아들자 내가 힘껏 친 파이프에 깨지던 한 전경의 화이버다.

그 무렵 내게는 일정한 거처가 없었다. 내 방도 없었을뿐더러 선배들이 경찰들을 피해 다니라고 해서 이러 저리 숨어다니면서 교지『용봉』편집 일을 했다. 그 전 해에 나온 교지는 과격(?)하다고 해서 배포가 금지됐는데, 이듬해에 내가 편집 일을 했다. 거기엔 여러 이유가 있었는데, 그중에 장학금을 받기 때문에 등록금을 내지 않아도 되는 것도 있었다.

그해에 나는 다니던 전남대에서 망월동 쪽으로 한참이나 시골 논둑길을 걸어서 가야 하는 방에서 숨어 살았다. 친구들과 세미나 방으로 쓰던 걸 내 방으로 쓴 것이다. 학생회관엔 늘 불이 환히 켜져 있었고, 운동가요 소리가 울려 퍼졌고, 상대 뒤에는 늘 술 취한 친구들이 있었다. 나는 강의도 빼먹고 밤늦게까지 편집 일을 하고 혼자 어두운 논둑길을 걸어 방에 가곤 했는데, 그 무렵 언젠가 시를 쓰는 불문과 고규태 형이 내 방에 가보자고 해서 같이 어두운 논둑길을 걸어가며 친구 세현이랑 만들었다는 그 노래를 불렀다.

규태 형은 그 무렵 9시 뉴스에 꼭꼭 등장했던 학살자 전두환의 성대모사를 잘해서, 83년에 학교에서 모의재판을 할 때 전두환 흉내를 내 사람들을 웃겼다. 그 형은 내가 힘들게 지내는 것을 안타깝게 생각해서, 81년도에 잘 알려진 시를 써서 신춘문예에 당선 한 선배 시인이 결혼식을 하기 전날, 함 파는 데에까지 데려가 내게 맛있는 음식을 먹여줬다.

그해 겨울 어느 날 아버지가 불쑥 내가 살던 그 세미나 방에 찾아왔다. 시골에서 등록금을 못 주는 처지였던 아버지가 등록금 낼 무렵에 광주엘 오셔서 기어이 내가 지낸다는 방에 가보자고 하셔서 하는 수 없이 그 방엘 갔다. 그때가 겨울이었는데, 문을 열자 연탄 화덕은 꺼져 있고, 그릇이 몇 개였을까? 찬거리도 없었나. 방 안엔 책 몇 권, 이불 같지 않은 이불 몇 장 외에 아무것도 없었고, 그걸 본 아버지의 낙망한 표정이 잊히지 않는다. 그래서 아버지는 곧 방을 나올 수밖에 없었는데, 문화동 쪽으로 나가 시내버스를 타야 해서 스산한 겨울바람을 피하며 아버지와 같이 그 길을 걸었다. 버스 정류장까지 가는 동안 아버지는 내내 아무 말이 없으셨다.

지금 아버지는 돌아가셨고, 노래를 작곡한 범능스님 정세현 형도 고인이 되었고, 규태 형은 부천에 사는데, 아주 건강이 안 좋다. 같이 지냈던 친구들은 더러 페이스북 같은 데서 만나기도 하는데, 시골에 사니 얼굴 볼 일이 거의 없고, 매스컴을 통해 주로 나라를 거덜 낸다는 소식을 듣거나, 사회단체 활동을 하는 친구들도 있고, 어디 먼 데 후미진 곳에서 어렵고 성실하게 살고 있다는 소식을 듣곤 한다.

2019년 가을

추억 속의 노래 2
 – 생명

저 바다 애타는 저 바다 노을 바다 숨죽인 바다
납색의 구름은 얼굴 가렸네 노을이여 노을이여
물새도 날개 접었네 저 바다 숨쉬는 저 바다
검은 바다 유혹의 바다 은색의 구름은 눈부시어라
생명이여 생명이여 물결에 달빛 쏟아지네
애기가 달님 안고 파도를 타네
애기가 별님 안고 물결을 타네
대지여 춤춰라 바다여 웃어라
아~ 시간이여 아~ 생명이여 생명이여
-「생명」 (조용필 작곡, 전옥순 작사)

  1983년, 내가 대학 1학년 여름방학 때, 보성 회천 해수욕장에
갔을 때 친구 형호가 불렀던 노래다.
  그때, 나는 '다사록행'이라는(다산의 사상과 녹두장군의 행적을
본받자는) 마당극 써클 활동을 했는데, 그해 여름 우리가 엠티를

간 곳이 영추 형이 살고 있었던 보성 까막골이었고, 거기서 열흘인가 일주일간인가의 엠티를 마치고 광주로 돌아오기 전, 그래도 여름인데 바닷바람은 한 번 쐬고 가자 해서, 아무런 준비도 없이 근처에 있었던 회천 해수욕장엘 갔다. 수영복이 없었으니 우리끼리 한쪽 귀퉁이로 가 입고 있던, 열흘 동안이나 엠티를 했으므로 더럽기 그지없는 팬티 바람으로 물에 들어갔고, 밤이 되어 사람들은 다 자는데, 텐트는 물론 이불 같은 것도 변변치 않아 잠을 잘 수 없으니, 밤새 그곳 모래사장에 퍼질러 앉아 독한 소주를 마시며 돌아가면서 노래를 불렀었다. 친구 형호가 술에 만취한 상태로 끊어졌다 이어졌다 하며 부른 노래가 이것이다.

'저 바다, 애타는 저 바다, 노을 속에 숨죽인 바다….'

까막골은 빨치들이 숨어들었던 곳의 지명이고, 보성뿐 아니라 여러 곳에 있는데, 영추 형이 그곳으로 들어간 이유는 그 지형 때문이라 했다. 영추 형은 전남대 농대 한농 출신인데, 그곳에서 산판을 일구며 살고 있었고, 우리는 풍물을 연습해야 했으므로 소음을 내도 괜찮은 그곳으로 갔다. 영추 형 집에 가기 전 잠시 들렀던 선희 집 입구 양 켠에는 움푹 팬 황토 더미가 드러나 있었다.

그때 우리는 풍물을 연습하며 가락도 배우고 이론 시간도 가졌었는데, 뭘 했는지 내용은 하나도 기억이 안 난다. 다만 그때 돈이 없어서 영추 형이 키우던 개를 잡아먹었던 기억이 나는데, 개의 목을 나뭇가지 사이에 걸쳐놓고 몽둥이로 쳐서 죽이려는데, 도중에 그만 끈이 풀려서 논둑길을 따라 도망을 가버렸고, 쫓아가 다시 잡아서, 가마솥에 넣고 삶아서 먹고, 돌아오는 기차간 안에서까지 먹었던 게 기억난다. 그걸 본 여자애들은 기겁하며 울고불고 난리였는데, 한 선배 형이, '이깟 개고기 하나를 못 먹고…'라면서 윽박질렀고, 그러자 여자애들도 하는 수 없이 먹었고, 돌아오는 기차 안에서는 웃으며 먹었다.

'저 바다 숨 쉬는 저 바다 검은 바다 유혹의 바다….' 형호의 음절은 자꾸 끊어졌는데, 아마 1~2분쯤이 끊어질 때도 있었던 것 같다. 끊어진 시간의 공백은 파도 소리가 메웠다. 노래를 불렀던 형호는 뒤로 학교를 그만두고 대우캐리어에 위장취업 해 노동운동을 해왔고, 지금도 그곳에 다니고 있다. 그때 정말 술을 많이 마셨던 친구였는데, 지금은 부인이 된 내 학과 후배가 술을 끊으라 해서 마시지 않는다. 그런데 형호에게는 미안한 말이지만, 나는 술에 취해 불렀던 형호의 노래가 조용필이나 어떤 유명 가수보다 낫다고 생각하는데, 그것은 형언하기 참 힘들다.

우리는 모래밭에 둘러앉았고, 술병들이 나뒹굴고 있었고, 다들 만취한 상태였다. 군대 훈련병 시절 뺨치는, 상당히 빡센 엠티를 마친 뒤고, 여름 해수욕장에까지 갔으니 그럴 만도 했다. 밤새 파도가 밀려들었고, 그 소리와 풍경 속에서 형호는 술 취한, 코맹맹이 소리까지 섞어가며 이 노래를 불렀었다.

이 노래는 그 무렵 막 나왔고, 김지하 시인이 작사했다는 소문이 돌기도 했었다. 나는 '애기가 달님 안고 파도를 타네, 애기가 별님 안고 물결을 타네'라는 구절이 그렇게도 마음에 와닿았다. 그때의 감정 상태와 분위기에 너무 잘 어울린다고 생각되던, 지금도 눈을 감으면 그 장면이 잊히지 않는다. 그렇게 우리는 밤새 노래를 부르다 동이 터 오자 모래밭에 제각기 드러누워 눈을 붙였고, 여자애들도 그렇게 잤다. 그러다 사람들이 돌아다니니까 눈치가 보여서 허겁지겁 일어나 완행열차를 타고 광주로 돌아왔다. 돌아오는 기차 안에서도 개고기를 안주 삼아 또 노랠 부르며 술을 마셨다. 그땐 눈치가 많이 보였지만 그럴 수 있었다.

하지만 나는 지금 개고기도 못 먹고, 난장에서 잠을 잘 엄두도 못 낸다. 그 청순하던 독문과, 불문과, 신방과, 심리학과, 철학과, 사대 국교과, 불교과에 다니던 여자애들은 지금은 할머니가 되어 있을 것이다. 영추 형은 아직도 그곳에 살고 있고, 백남기 추모 행사 때 보니 아주 새하얀 백발노인이 돼 있었다.

2019년 가을

추억 속의 노래 3

- 골목길

30년 정도 전쯤, 나는 시골집 골방에 굴러다니던, 뒷간 휴지로 쓰이기 직전의 '선데이서울'에서 목포 유달산에서 자란 가수 이난영의 어린 시절 기사를 본 적이 있다. 글은 잘 기억나지 않고 같이 실렸던 희뿌연 그 흑백사진이 어렴풋한 잔상으로 남아 있다. 초막 같은 집들과 골목, 허기진 듯 힘이 없어 보이는 여자아이의 몸과 헝클어진 머리, 눈빛 등이 떠오른다. 때문에 내게 목포는 늘 그 사진의 이미지로 남아 있다. 전라도 애국가 '목포의 눈물'도 그것과 연관된다. 내게 발산 부락은 그런 광주의 유달산 같은 곳이다.

뽕뽕다리라는 이름이 붙은 다리를 건너 광주천 건너 임동에 있는 종연방직과 전남방직 공장으로 일을 하러 다녔던 누이들은, 언덕 위에 앉아 서산에 해가 지도록 기다렸던 동생들을 기억할는지. 댕기 머리 곱던 그 누나들은 이미 고인이 되었거나 꼬부랑 할머니가 되어있을 터. 지금도 남아 있는 오동나무와 묏등과 허물어진 집 자리, 검게 입(門)을 벌린 빈집, 마늘밭, 구절양장 골목길은 그 두꺼운 시간의 흔적을 켜켜이 가라앉힌 퇴적층으로 남아 있다. 그 무렵 발산부락의 인구밀도는 시내 어디보다 높았을 것이다. 가장 큰 생산(임동)과 소비(양동시장)의 중간지점이었으니까. 하지만 미영(면화)을 잣아 실을 뽑던 방직공장과 호남 제일의 양동시장이 죽고, 기아자동차와 백화점, 그리고 지방 관아 나졸들의 위세가 등등한 이즈음엔 아마도 상무지구쯤이 예전의 발산부락을 대신할 것이다.

내가 초등학생 때 밀죽도 끓이기 힘들었던 시골 살림을 접고 광주로 이사 간 동네 형 집도 이곳이었다. 이사 가던 날, 짐칸에 앉아 웃던 형을 따라 함께 도회지로 가고 싶었던 우리는 있는 힘껏 달렸지만, 동구를 벗어나 흙먼지를 일으키며 아스라이 멀어져가는 트럭의 속도를 따라잡을 수 없었다. 뒤로, 내가 고등학생이 되어 찾아간 그 언덕배기 집에서는 거의 열 명 정도가 되었을 식구들이 살고 있었고, 엄마는 양동시장에서 미나리를 판다고 했다. 대학 2학년 때 슬그머니 학교를 그만두고 사라져버렸던 친구가 순전히 돈을 벌기 위한 소설가가 되어 남편 없는 아이 둘을 데리고 나타난 곳도, 미로 같은 그 길 끄트머리 어디쯤이었다.

하지만 이곳은 근래 내 발길이 닿지 않는 곳이다. 아파트에 살면서 자가용으로 출퇴근하며 회사에 다니는 내게 이곳은 좀처럼 눈길이 가지 않는 곳이다. 천변로를 달리는 차창 너머로 얼핏, 그 다닥다닥 붙은 집들이 스쳐 지나가긴 하지만, 정작 나는 온통 다다라야 할 목표지점에만 관심이 집중되어 있다.

무지개 문양의 외벽을 두른 아파트는 참 기이하다. 그 곁으로는 동네를 가로질러 서구청으로 가는 넓은 길이 뚫렸다. 아무도 없는 곳에서 가만 발길을 멈추고 귀를 기울이면 시나브로 퇴적층을 찍어내는 포크레인 소리가 쿵쿵거린다. 어디서일까? 하지만 그 집은 어둠을 모두 찍어내기엔 요령부득일 거다. 이재민의 노래다.

오늘 밤은 너무너무 깜깜해
별도 달도 모두 숨어 버렸어
네가 오는 길목에 나 혼자 서 있네
혼자 있는 이 길이 난 정말 싫어
찬 바람이 불어서 난 더욱 싫어
기다림에 지쳐 눈물이 핑 도네...
골목길에서 널 기다리네
아무도 없는 쓸쓸한 골목길
골목길, 골목길, 골목길, 골목길...
2008년 겨울

추억 속의 노래 4
- 봄이 오면

그 추웠던 겨울은 지나고 따뜻한 봄이 오면
내 님도 나를 찾겠지.
아름다운 꽃이 피어나는 따뜻한 봄이 오면
그 님도 나를 찾겠지

눈이다. 모일듯 말듯 흩날리는 저 눈발은 간밤부터 이어진다. 오늘은 크리스마스 오후. 눈발에 젖어 종일 코맹맹이 같은 기분으로 척척하고, 꼬리꼬리한 시간을 보냈다. 시골에 와서 두 번째 맞는 연말. 내가 무언가 결정을 해줘야 한다. 어제는 이브. 서울엘 못 갔다. 여기 있건 서울에 있건 상관없지만 그래도 무언가 여기에서 결정을 해줘야 한다. 노래 속 장미화의 음색은 뭐랄까? 나는 저 어쩌면 막춤 비슷한 목소리와 그 떨림과 그녀만의 독특한 여운이 좋다. 거기 눈발과 같이 흠씬 빠져 지냈다.

눈은 종일 모였다가 흩어지기를 반복한다. 내내 방안에 숯불 난로를 켜놨더니 머리가 띵 하다. 이 몽롱한 겨울 속에서 봄 노래를 듣는다. 후렴구가 유별나다. '헬로아 헬로아 꽃들은 헬로아 헬로아 어디에.' 이렇게 이어지는 여음은 노래가사도, 음률도, 그 무엇 때문에만도 아닌 묘한 이국 취향의 느낌을 자아낸다. 계속되는 후렴구다. '헬로아 헬로아 봄날은 헬로아 헬로아 우리들에게.'

내일은 서울엘 간다. 글쎄, 나와 우리 가족에게 봄날은 올까? '그 추웠던 겨울은 지나가고 따뜻한' 그 봄 말이다. 또 내가 만나는 사람들과 내가 아는 모든 사람에게 정녕 따뜻한 그 봄날이 올까?

처음으로 이 노래를 들은 건 아마 중학교 때쯤이었던 것 같다. 다산초당 밑 마점부락에 살았던 친구와 지금은 유명을 달리한 작은 월하정 살았던 친구. 대월리에 살았던 친구가 있었다. 마점부락에 있었던 그 친구 집에서 묵었던 그해 겨울날이 생각난다. 친구 집에 떼 몰려가서 잔 이튿날, 날이 밝자 그의 여동생들과 형제들을 두고 어머니는 우리에게만 밥을 차려줬다. 속없었던 우리는 쌀이 없어서였다는 사연을 몰랐다. 밥을 먹고 나서 우리는 또 그렇게 하릴없던 날들이었기에 다시 어디론가 길을 나섰다. 재를 넘어와 시뻘겋게 몸체를 드러낸 흙 언덕 아래에 웅크리고 서서 읍내와 계라리, 석문을 거쳐 털털거리며 내려오는 버스를 기다렸다. 떨면서도 친구 행선이는 그런 노래를 잘도 불렀다. 휘파람을 섞어 말이다. '흠마흠마흠마 흠마흠마흠마 흠마흠마흠마흠마예'.

유튜브에 오른 장면은 나비넥타이를 맨 김동건이 사회를 보는 가요무대 쯤 될까? 대개 이런 프로는 지나치게 멜랑꼬리하고, 그래서 아주 까발려버린 그 키치적 느낌이 물씬 풍긴다. 관객들도 그렇고 나오는 가수 아무에게나 국민 어쩌고저쩌고하는 것도. 사연도 가사도 음률도 대게 그렇다. 게다가 백댄서들의 동작이 압

권이다. 풍성한 몸매에 연붉은 스카프를 길게 늘어뜨리고 마음껏
몸을 가누는 가수는 우렁찬 박수를 배경 삼아 생각할수록 뇌쇄적
인 그 가사들을 이어간다. 간주를 읊조리는 여자들이 발끝을 달
싹달싹하며 몸을 좌우로 비틀어, 엄지손가락과 가운뎃 손가락을
탁탁 튕기며 리듬을 맞춘다. 하긴 백댄서들의 표정에서 나는 이
런 류, 가요무대 풍 노래의 극치를 느낀다.

　간밤 해남읍에서 고개를 넘어올 때, 자동차 헤드라이트에 맞닥
뜨려 흩날리던 눈발들이 생각난다. '흠마흠마흠마 흠마흠마흠마
흠마흠마흠마흠마예' 이런 후렴구처럼, 일행은 술이 적당히 취했
고, 적당히 들뜬 시간이었다. 눈은 내리고, 시간은 흘러가는 법이
니까 내게 그런 순간들이 다시 오지 않을 것이다. 시리지만 혹독
한 겨울을 뚫을 만치 따뜻했던 사람들과의 그 시간 말이다.

　따뜻한 봄이 오면 추위가 멈추고 제발 내 님이 날 찾길 바라고
또 바란다. 노래는 대충 이런 몇 개의 낱말로 이미지를 클로즈업
한 듯한 가사가 세 번 반복된다. 봄날에 대한 그리움을 자아내려
는 장미화의 가창력은 어느 순간엔가 가사를 반복하기 전에 '한
번 더!'를 외칠 때, 또 한 번 짜릿한 쾌감을 준다.

　오랜만에 동생네가 다녀갔다. 4·11 총선 이후 눈코 뜰 새 없었
는데 시간이 났나 보다. 어린 조카들이랑, 제수씨랑 또 장흥에 살
고있는 동생의 학교 선배랑 같이 와서 밤새 얘기를 나누다 새벽
녘에야 눈을 붙였다.

　아침부턴 눈이 내렸다. 어제는 흩날리더니, 오늘은 솜털처럼 포
근하게 시공을 덮었다. 아궁이 불을 피우다, 샘 가를 오가다 얼핏
보니 작은 동백꽃인 산다화가 눈 속에 피어 있다. 이파리가 아주
작고 보랏빛 색이 퍽이나 진하고 꽃도 작아 앙증맞기 그지없는 송
이들 위로 소복소복 눈발들이 가라앉고 있었다.

헛간 뒤 커다란 목련 나무가 추위 속에서도 자그맣고 하얀 망울들을 달고 있었다. 목련도 봄이 오면 하얗게 꽃을 피울 것이고, 바람에 흩날릴 것이다. 그러면 '살구꽃 복숭아꽃이 피거나 한여름에 참외가 익거나 서지에서 연꽃이나, 국화꽃이 피거나 눈이 올 때' 만났던 죽란시사 모임처럼 벗들이 찾아올 것이다.

2009년 겨울

추억 속의 노래 5

- 하얀 나비

　노래만큼 사람의 폐부 깊숙이 다가오는 게 있을까? 어렸을 때 나는 동요를 그다지 동요답게 듣거나 노래하지 못했다. 그 지지리도 가난하고 고통스러웠던 현실과 그 노랫가락들 사이에는 건널 수 없는 강이 가로막고 있는 것 같아서였다. 그래도 종종 그것들에 몰입돼 본 적도 있는데, 식구들이 모두 들에 일을 나가고 토방마루에서 혼자 집을 지키고 있을 때, 별의별 짓거리를 다 하다가는, 그것들마저 지겨워 음악책을 펴놓고 여태껏 학교에서 배운 노래를 마구 불러댈 때였다. 외로움을 이겨내기 위해서였을 것이다. 오후 새참 때부터나 시작해 석양 해가 앞산을 타고 내려가 서서히 그 빛이 사위어 들 때까지 나는 들에 나간 식구들이 오기를 기다리며 하염없이 노래를 불렀다. 그땐 정말 동요의 노래가사들이 마음속 어딘가로 다가오는 듯했다. 하지만 이내 어느 때인가는 다시 고개를 외로 젓곤 했다.

　노래가 짜릿하게 다가온 건 초등학교 고학년 사춘기 때부터였던 것 같다. 조숙한 동네 형들이 여름방학 때 우상각 같은 곳에서, 제 덩치보다 두 배도 더 큰 로케트밧데리를 고무줄로 칭칭 동여 묶은 트랜지스터 라디오를 들으며, 거기에서 흘러나오는 유행가들을 시건방지게 불러제쳤다. 그 소절을 따라 부르며 그것이 정말 내 가슴에 와 닿는 것처럼 느꼈다. 조숙한 것과는 달랐던 것 같다. 어떤 반항기나 그 비슷한 것에 가까웠다. 동요를 부를 입이 유행가를 읊조리며 휘파람을 불고, 때아닌 밤이슬을 털고 다닌 것이다.

김정호의 '하얀 나비'는 그때의 노래였다. 초등학교 때였는지 중학교 때였는지 기억이 잘 안 난다. 아무튼 나보다 나이가 두어 살밖에 더 안 먹은 그 형은, 어른들의 눈을 피해 나를 비롯한 동네 조무래기들을 모아놓고는, 다리를 꼬고 누워 하늘을 보며 입담배를 뻑뻑 피워 돈까쓰(구름과자)를 만들면서 이런 노래를 들었다. 담배 연기를 한껏 빨아들인 형이 입을 크게 오므리고 볼을 평평하게 펴서 우리에게 야, 여길 톡톡 쳐봐, 그랬는데, 자신의 손가락으로 통통 소리가 나게 튕겨서 하얀 돈까쓰를 연달아 만들어 올리는 게 신기해 보였다.

'우-- 생각을 말아요. 지나간 일들을 우-- 그리워 말아요 떠나갈 님인데' 이렇게 시작되는 김정호의 음색은 그때 내가 이상의 세계라고 여겼던 해인동으로 데려 갔다. 덕룡산 너머에 있는 해인동은 어른들이 하는 이야기만 어깨너머로 들었을 뿐 내 몸이 직접 가 본 적은 없는 물리적인 의미의 장소가 아니라 그 어떤 이상향이었다. 그때 나도 담배를 빨아본 것 같다. 몽롱한 그 기분, 야 늬들도 한번 빨아봐,란 말에 호기심을 참지 못해서 찜찜하기도 했지만, 어른이 되어가는 기분도 들었다.

'꽃잎은 시들어도 슬퍼하지 말아요. 때가 되면 다시 피니 서러워 말아요. 음음 음음음 음음 음음음~'

또록또록하게 가사를 노래하는 그의 음정을 뭐라고 표현할까?

판소리 명창의 피를 이어받아서였는지, 누군가 그의 목소리는 '한국적 포크의 리듬과 멜로디에 애상 가득한 목소리로 외로움과 고독, 슬픔의 정서를 뿜어냈다'고 했다. 그의 음정에선 어딘지 모르게 짙은 병색도 묻어나왔다. 실제 그는 다른 가수들이 한창 주가를 올리며 날리던 불과 서른셋 아까운 나이에 폐결핵으로 세상을 떠났다. 그 무렵 김정호는 텔레비전에도 종종 나왔는데, 늘 하얀 양복을 차려입고 나왔던 것 같다. 그때 내 몸은 이즈음의 청소년들이 아이돌에 열광하듯 전기에 찌르르 감전되는 듯했다. 검은색도 그가 즐겨 입었던 옷이었다. 그 속에 하얀 와이셔츠를 받쳐 입고 턱밑에 나비넥타이를 매고 나왔다. 그 모습은 어린 나의 모든 것을 빨아들이기 충분했다. 그의 노래는 나를 하늘 위의 뜬구름으로 데리고 올라갔다.

'우~ 어디로 갔을까 길 잃은 나그네는 우~ 어디로 갈까요 님 찾는 하얀 나비'.

그 무렵 나보다 여섯 살 위 둘째 형은 광주에서 고등학교에 다니고 있었는데, 언젠가 여름방학을 맞아 시골집에 올 때 대학노트 두 권을 이어놓은 것처럼 큰 소니 카세트를 갖고 왔다. 찰칵하고 누르는 일곱 개의 버튼이 붙어 있었으며 가운데에 테이프를 끼워 넣는 곳이 있었고, 그 양쪽으로 제법 큼지막한 스피커가 달려있었고 가방처럼 손잡이를 펴들고 다닐 수 있는 것이었다. 그것은 영어 공부용이었는데, 틈틈이 형은 팝송도 즐겨 듣는 듯했다. 비틀즈와 사이먼 엔 가펑클, 아바, 뭐 이런 가수들이었던 것 같다.

비틀즈의 노래는 몇 번이나 다시 들었다. 작은 라디오밖에 못 본 내게 그 카세트는 경이로운 세계였다. 잘 빠진 몸체에 검게 윤이 나는 칠을 한 그것에서 나오는 음감은 상상을 초월했다. 촌구석에서는 볼 수 없었던 팝이며 포크송 테이프들이 수북했다. 나는 형이 잠든 틈을 타 깊은 밤에 혼자 카세트를 들고나와 밭둑에 앉아서도 노랠 들었다. 송창식, 사랑과 평화, 김추자, 함중아, 사월과 오월, 뭐 그런 것들이었다.

'꽃잎은 시들어도 슬퍼하지 말아요~ 때가 되면 다시 피니 서러워 말아요. 음음 음음음 음음 음음음~'

비음이 조금 섞인 김정호의 목소리는 어린 나의 심금을 진공기처럼 빨아들이기에 전혀 손색이 없었다. 음음~ 하고 이어지는 여음 부분이 더 좋았다.

차가운 밤공기와 풀잎 냄새가 코끝을 스쳤다. 아마 그날 밤 김정호의 테이프는 열 번도 더 들었을 것이다. 어린 내 발목에서 이슬이 묻어나왔다. 그 당시 누구나 마찬가지였지만, 어려운 살림에 상급 학교에 진학할 수 있을지도 몰랐고, 아직 확고한 미래에 대한 의지도 없었다. 그 어디로 흘러갈지 알 수 없었던 시절, 나는 하얀 나비이고 싶었다.

2010년 겨울

히로시마 피폭 감나무

    광주비엔날레관이 있는 중외공원에는 감나무 묘목 한 그루가 있다. 공원 동쪽에 있는 비엔날레 주 전시관 입구를 삼각형의 한 꼭짓점으로 본다면 서쪽에 김남주 시비가 있고, 그 북쪽의 다른 꼭짓점에 이 감나무 묘목이 있다. 나무는 새장 같은 모양의 단단한 철장 안에 있다. 대개 공원에 새로 옮겨심은 나무에는 지주대를 세워서 묶어두는데, 이 나무는 특별한 것이라서 귀한 대접을 받은 것이다. 나는 사무실이 이곳에 있어서 주변을 산책하며 종종 그 나무를 지나치곤 했는데, 올해 봄까지 무성하게 잘 자라고 있었다.

    그런데 얼마 전, 누군가에 의해 나무가 싹둑 잘려버렸다. 한국과 일본 사이에 독도 문제가 큰 사회적 이슈로 등장하던 때였다. 사람들 사이에 있었던 일 때문에 공연히 말 못하는 나무에 누군가 화풀이를 한 것이다. 그것을 본 나는 안타까운 마음이 들었지만, 한편으로 나무를 잘라버린 사람의 단호함에 왠지 모를 쾌감을 느끼기도 했다.

그 한참 뒤에 다시 가 보니 누군가가 그 자리에 다시 묘목을 심어놓았는지 감나무가 다시 싹을 틔우고 있었다. 그러다가 다시 보니, 최근 누군가가 또 묘목을 잘라버렸다. 이번에는 묘목이 아예 다시 자라나지 못하도록 싹을 자르고 남은 부분의 껍질조차 벗겨내 버렸다. 이제 이 나무가 다시 소생하기는 힘들 것 같다.

이 나무는 2000년 광주비엔날레가 열렸을 때, 일본에 살고 있는 광주시립미술관 명예관장을 주축으로 한 이들과 일본 작가들이 '시간의 소생'이라는 이름의 예술작업으로 심은 것이다. 사연이 좀 특이하다. 일본 히로시마에 원자폭탄이 떨어졌을 때, 사람과 동물은 물론 식물체들도 대부분 말라 죽어 버렸는데, 어떻게 해서인지 살아남은 감나무가 있었다고 한다. 몇몇 일본 작가들이 이 나무의 특이함에 착안해서 예술작업을 시도했다. 그 나무 씨를 받아 모종을 키워서 세계 각지에 옮겨 심으며, 그 사연을 담은 표지석을 세워 평화를 기원한다는 요지의 나무 심기 퍼포먼스를 한 것이다. 그들은 이 나무를 광주와 같은 형식의 비엔날레가 열리고 있는 베니스는 물론 뉴욕과 파리와 같은 대도시들과 그 밖의 다른 여러 곳에도 심었다고 한다.

예술작업의 일환으로 처음 이 나무를 심었던 2000년 봄에, 이름만 대면 누구나 알만한 명망 있는 광주의 이른바 명사들이 많이 참석한 가운데, 이 작업의 뜻을 기리는 성대한 행사도 했다. 그런데 누군가 잘라버렸고, 다시 일본에 연락해서 나무를 가져다 심었는데, 그것마저 심은 지 얼마 지나지 않아 또 말라죽어버린 것이다. 일본에서 모종을 가져올 때 뿌리에 붙어 있는 흙을 지나치게 많이 털어내고 가져온 탓이었다. 그러자 공원 측에서는 얼마 뒤에 다시 일본으로 새 나무를 보내 달라고 해서 또 심었다. 하지만 그렇게 심은 나무마저 누군가가 밑을 잘라버린 것이다.

그 나무를 꺾어버린 사람은 주변에 사는 노인 중 공원을 산책하는 누군가일 것이다. 아마 그는 일제 시대에 일본 사람들에게 혹독하게 당했거나, 강제로 징용을 갔거나, 아니면 그랬던 사람의 후손일 수도 있을 것이다. 그 사람은 이 나무를, 일본인들의 만행을 지워버리라고, 나아가 자신들을 가해자에서 피해자로 뒤바꾸려는 어떤 표상으로 여겼을 것이다. 예술 프로젝트라는 그럴 듯한 행위를 통해서 말이다.

그러자 공원 측에서 이 나무를 헤치려는 사람들의 손길로부터 나무를 보호하려고 새장 같은 모양의 단단한 쇠 구조물을 만들어 씌운 것이다. 그 때문에 올해 봄에는 나무 키가 철장보다 크게 자랐는데, 그만 독도 사태를 만나 이 지경이 된 것이다.

그런데 공교롭게도 이 나무 뒤편에는 죽은 나무와 똑같은 종류의 나무들이 있다. 야산의 척박한 땅에서 흔히 자라고, 열매가 작아서 아무도 거들떠보지 않는 땡감나무다. 하지만 그 나무는 곁에서 유난스럽게 사람들의 관심을 받는, 그러나 죽어버린 나무에 비해 생생하게 살아 있다. 그것은 멀리 히로시마에서 비행기를 타고 와 사람들의 분에 넘치는 관심 속에 심었지만 죽어버렸고, 다시 또 두 번이나 더 가져다 심었지만 끝내 목숨을 부지하지 못한 '시간의 소생'이라는 이름의 예술작품 뒤에 의연하게 서 있다.

2006년 겨울

오동나무

　오동꽃이 지천으로 핀 일요일 오후다. 내가 사는 집은 광주 첨
단지구에 있는데, 이름에 어울리지 않게 도심으로부터 떨어져 있
고, 아파트 일색이어서 상대적으로 한적하다.

　어렸을 때, 우리 집 마당 가에는 키가 큰 오동나무가 한 그루 서
있었다. 그 밑에는 늘 농사에 쓸 두엄이 쌓여 있었는데, 그곳을
지나 본채 건너편에 변소가 있었다. 나는 그곳이 꽤 멀다고 느꼈
고, 그래서 꺼림직한 곳이었다. 하지만 잠을 자다가 똥이 마려우
면 하는 수 없이 그곳에 갈 수밖에 없었다. 일어나 마당 가에 있는
오동나무 밑을 지나, 컴컴한 변소 안에서, 희미하게 새어 들어오
는 달빛에 의지해 똥을 누며, 귀신의 공포에 떨어야 했으니까. 변
소는 지푸라기며 재 등속의 허접데기를 넣어두는 창고로도 쓰였
는데, 그러자니 그 안이 넓어서 여간 무서운 게 아니었다. 한겨울
에도 떨어지지 않고 달려있던 오동나무 열매가 꼭 무당의 요령같

이 생긴 데다가 바람에 흔들려 나는 소리도 비슷했기 때문이었다.

내게 보랏빛은 병색으로도 깊이 각인되어 있다. 이웃한 할아버지 댁에는 바다 건너편에 있는 마을에서 시집온 작은 엄마가 살고 있었다. 그 작은 엄마는 해마다 어김없이 산에 들에 꽃이 피는 이 계절에는 꼭 병이 도지곤 했는데, 나는 집 뒤란으로 돌아가 문 틈새로 작은 엄마를 엿보곤 했다. 그러다가 작은 엄마와 눈이 마주치기도 했는데, 그때의 이상한 느낌은 잊을 수가 없다.

또 우리 집 살림은 내가 커가면서 점점 쪼그라들었는데, 이런저런 이유가 많겠지만, 언젠가 동네 사람들이 마당에 오동나무를 심는 것이 아니라더만… 하고 속삭이는 소리를 들은 적이 있다. 그분들에게 보랏빛은 그닥 좋지 않은 색깔이었다.

십여 년 전부터 나는 틈만 나면 도심을 벗어나 교외를 쏘다니곤 했는데, 이 계절에 만난 길 가 덤불 속의 오동꽃은 내게 묘한 감흥을 불러일으켰다. 그 뒤 나는 그 느낌과 건강 때문에 길가의 오동나무 토막을 가져다 경침警枕을 만들어 베고 잤다. 어느 자연 건강을 하시던 분이 침대에서 자면 허리를 구부리게 되는데, 그러지 말고 맨바닥에서 경침을 베고 자 버릇하면 몸이 반듯하게 펴져서 몸이 좋아진다고 해준 말 때문이었다. 매일 그렇게는 못하고, 몸이 찌뿌둥해질 때 가끔 침대에서 내려와 방바닥에서 오동나무 경침을 베고 잤다.

하지만 커서 들어본 오동나무에 대한 이야기는 좋은 것들도 많이 있었다. 그것으로 악기를 만든다는 것도 그중 하나다. 공명과 울림을 가진 거문고와 장구 같은 우리나라 악기는 오동나무로 만드는데, 이 나무는 다른 나무에 비해 손톱으로 눌러도 들어갈 만큼 부드럽고 무르다. 그것은 나무에 빈 곳이 많기 때문이다. 악기를 연주하는 사람이 나무를 두드리지만 정작 그 소리가 나는 부분은 그 텅 빈 부분에서다.

창밖으로 멀리 극락강변에 있는 신창동 청동기 유적지가 보인다. 오동나무로 만든 거문고 모양의 악기가 출토된 곳이다. 그 주변에 유난히 보랏빛 오동꽃이 많이 피었다.

2003년 봄

최하림 선생님 생각

포플러 나무들이 거꾸로 서 있는
강으로 가, 저문 햇빛 받으며

우리 강 볼까, 강 보며 웃을까
이렇게 연민들이 사무치게 번쩍이는 날은.

– 「그리운 날」, 최하림

 어제는 목포에 사는 김성옥 선생님과 광주에서 하는 창작 뮤지
컬 '자스민 광주'를 보러 갔다. 강진아트홀에서 일하게 됐는데,
동안 하도 경황이 없어서 일을 시작한 지 한 달이 지났어도 공연
분야의 유일한 운영위원인 선생님과 얘기할 기회가 없었다. 겸
사겸사 목포로 가 차를 타고 모시고 오가면서 이런저런 얘길 나
눌 참이었다.
 '자스민 광주'는 새로 생긴 광주문화재단에서 심혈을 기울여 만
들었다는 작품인데, 공연 분야를 잘 알지도 못하는 내가 앞서서
어떤 말을 꺼내는 건 그다지 좋은 모양새가 아닐 듯해서 감평은

미루기로 했다. 넉 달 후에 에든버러 페스티발에 출품한다니 동안 미진한 부분들에 대한 수정 보완 작업이 이뤄질 것으로 믿는다.

오가면서 김성옥 선생님과 많은 얘길 나눴다. 선생님은 몇 년 전 돌아가신 극작가 차범석 선생이 6.25 무렵 대학을 중단하고 목포에 오셔서 교편을 잡았을 때, 담임 선생님과 제자로 연을 맺어 평생 돈 안되는 연극쟁이로 살아오신 분이다. 서울에서 오래 활동하셨고, 지금은 고향 목포에 오셔서 목포시립연극단을 운영하고 계신다.

그분에게서 듣는 젊었을 적 목포 얘기는 상상만 해도 절로 흥이 났다. 김지하 시인이 5년 후배고 작고한 최일환 시인이 1년 후배라 하셨고, 얘기 중에 최하림 선생님을 좋아한다고 했다. "목포에서 시라 하면 최하림을 치지"라고 하셨다. 얼마나 반가웠던지. 선생님은 목포가 예향이라 한다면 문학에서는 당연히 최하림을 기려야 한다고 했다. 나는 혹시 그런 일이 있으면, 조그만 일이라도 심부름을 해야 할 사람이 필요할 테니까 내게 연락을 주시라, 그러면 내가 언제라도 뛰어오겠다고 말했다.

목포 출신의 많은 예술가가 있고, 그분들 모두 빛나는 별들이지만, 선생님을 기리는 행사쯤 하나 있었으면 좋겠다. 오래전, 갓바위 근방 배롱나무 밑에 김현 선생 시비를 세울 때처럼 그렇게 평안하고 고운 마음들로 말이다.

목포에서 선생님과 김현, 김지하는 중학교 때부터 톨스토이나 셰익스피어 같은 세계문학 전집을 읽고 꿈을 키웠다. 당시 목포는 문학뿐 아니라 그림과 연극, 소리 같은 예술 활동이 어우러져 큰 성황을 이뤘었다. 그런 시절 목포의 분위기를 되살렸으면 좋겠다.

선생님께서 돌아가시기 한 해 전 어느 봄날, 북한강 가에 있는 댁으로 찾아갔다. 고향으로 돌아와 살게 됐으니 인사차 찾아뵙겠다고 했더니, 선생님이 그러셨다. "금목서 한그루를 캐 오너라"고. 꼭 그렇게 말씀하셨다. 그래서 나는 지리산에서 목수 일을 하는 후배에게 연락해 금목서 한 그루와 추위에 다소 강하다는 은목서 한 그루를 갖고 선배 형과 함께 선생님을 찾아 뵀다.

북한강 언저리에 있는 선생님의 집은 포근했지만 선생님은 이미 기력이 많이 쇠해 있었다. 그때 내게는 퍼뜩 좋지 않은 느낌이 스쳐 지나갔었는데, 선생님은 그렇지 않았다. 얘기 도중 그러셨다. 여긴 너무 추우니 한겨울엔 따뜻한 강진 같은 데에 가 지내고 싶다라고. 해서 나는 돌아와 다산이 좋아했던 농산별업에 선생님을 모셔볼 생각도 했었는데, 얼마 지나지 않아 그만 소용없는 일이 되어버렸다.

그해 겨울, 이모에게 부탁해 선생님이 생각난다는 강진 석화젓을 담기도 했는데, 미처 부치지도 못했다. 그토록 그리워했던 고향, 그곳에 직접 들기는 뭣하고 그 언저리에라도 깃들이고 싶으셨는데 끝내 그러지 못하고 세상을 떠나셔서 안타깝다.

선생님이 말씀하셨던, 동백꽃 필 무렵 이곳에서 무슨 행사를 한다면 꼭 선생님을 기리는 무엇을 하고 싶다. 물론 목포에서 하면 더욱더 좋지만.

목포 하당 평화공원에 김성옥 선생님을 내려주고 밤길을 달려 집으로 왔다. 먼 산이 보이지 않을 정도로 아침부터 비가 억수로 퍼붓는다.

2011년 여름

고정희 시인을 만난 날

　어제는 고정희 시인의 기일. 돌아가신 지 19년째 되는 날이다. 그날, 시인은 지리산에서 발을 헛디뎠다 했다. 내가 군대에서 막 제대했을 때다. 연락을 받고 기독교병원으로 가서 분주하게 움직이던 때가 생각난다. 그날 우리는 눈코 뜰 새 없이 잔심부름하고 있었는데, 밤에 서울에서 온 작가들이 술에 취해 서로 싸우며 난리가 아니었다. 해서 마음이 상한 나는 집으로 와버렸고, 이튿날 해남엔 오지 않았다.

　그녀의 집은 김남주 시인의 집이 있는 바로 옆 동네인데, 그곳에 그녀의 벗들이 시인의 생가를 정갈하게 다듬어 뒀다. 그녀가 태어나서 살았던 대흥사 옆에 있는 시골집을 그대로 단장해 그녀의 유품들을 옮겨놓았다. 쓰던 것 그대로였다. 나무로 책장에 빼곡히 꽂힌 80년대의 책들, 누군가가 그려준 큰 그림, 4백 자 원고지에 여고생처럼 예쁜 만년필 글씨로 쓴 시들, 광주와 서울에서 지냈던 사람들과 함께 찍은 사진들이 그것이다. 시인과 친하게 지냈던 어느 선생님의 사진도 있고, 자주도 다녀간 듯한 한 시인의 메모도 있다. 어느 날 다녀갔다는 그 짧은 글귀를 보자 내 코는 금

세 시름해졌다. 시인이 갖고 있었던 아프리카 토우와 두루마기를 두른 작은 타이티풍의 여자 상, 찬장 속의 술잔들과 그릇들과 책상과 난로, 만년필도 있었다.

나는 고정희 시인을 한 번도 만나본 적이 없고, 작품도 그다지 많이 읽어보지 못했다. 작품마다 그녀의 강인하고도 순결한 영혼이 스며있는 것 같다는 느낌뿐이다. 그런 작품은 물론 그녀의 얼굴도, 몸짓도, 만났던 사람들도, 했던 일들도 모두가 시였던 것 같다.

생가 뒷동산 묘에 가서 절을 드렸다. 스페인산 포도주 한 병, 수박 한 통, 참외, 사과, 그리고 흰 떡뿐인 가난한 상이었다. 절을 마치고 우리는 둥그렇게 묘를 둘러 서서 돌아가며 제각기 시 한 편씩을 낭송했다. 그리고 술과 안주를 나눠먹었다.

열 명 남짓, 좋았다. 의례적인 말도 행동도 없이 자연스러웠다. 바로 앞 멀구슬나무가 보랏빛 꽃을 환히 피우고 있었는데, 그것을 본 누군가 할머니의 치마 색깔 같다고 했다. 작은 저수지 수면 위에서 부드러운 바람에 물결무늬가 반짝였다. 그녀가 바라봤을 소나무들도 유난히 붉고 고왔다.

해가 저물자 집을 나와 어성교 밑에서 천렵을 했다.

2010년 여름

명발당에서 쓴 편지 1

-송현숙 선생님께

선생님, 오랜만이에요. 아이들과 힐트만 선생님도 잘 지내시겠지요. 6년 전쯤 제가 고향 강진으로 낙향한다고 말씀드렸던 것 같은데 벌써 세월이 많이 흘렀네요.

저는 예정대로 시골에 와서 정착했어요. 귀향한 지 1년간은 아무것도 안하고, 강진, 해남, 장흥, 완도 같은 고향 주변을 어슬렁거리며 놀았어요.

광주에서 사는 30년 동안 하도 사람들과 많이 부대끼며 산 데다가 광주비엔날레에서 지내는 동안은 그야말로 일에 치여서 지냈던 까닭에 조용한 나만의 시간을 갖고 싶어서였어요. 그러다가 강진에 생긴 아트홀이란 곳에서 일했었는데, 그것도 이젠 그만뒀어요.

그래서 오랜만에 차분히 집에 앉아 여러 가지 생각들도 가다듬고, 글도 생각하고, 앞일도 생각하곤 하네요. 제 가족들은 서울에 살고 전 혼자만 여기에 사는데, 명발당이라고 하는 문중 집인데, 예전 다산 정약용 선생의 친구 집이고, 그래서 당신의 제자이자 친구의 아들과 혼기에 찬 두물머리 외동딸을 데려다가 혼례를 시켰던, 그 혼례마당이었던 집이에요.

그동안 선생님은 고향 집에 들러 가셨는지요. 선생님을 뵌 지 너무 오래되었네요. 이태호 선생님은 여전하시고, 그 제자분이 근처 해남 임하도에서 레지던시 프로그램을 하고 있는데, 종종 그곳에 가서 외롭게 작업하는 작가들과 어울리기도 해요.

주로 수묵 작업을 하는 작가들이에요. 아무래도 이쪽은 수묵 그림의 전통이 있던 데니까, 뭐 도시의 번거로움으로부터 멀리 떨어진 곳에서 작업도 하고, 구경도 다니며 지내고 있어요. 우리 집에 오라 해서 다산초당도 다녀오고 보길도나 미황사에도 가보고 팽목항에도 가봤어요. .

임하도 작업실은 센 파도가 거침없이 밀려드는 울돌목 근처 섬에 있는데, 밤이면 파도 소리가 너무 세서 잠을 제대로 못 이룰 정도예요. 저는 늘 독주 한잔을 삼킨 다음 약간 몽롱해지면 재빨리 잠을 자곤 해요. 며칠 뒤엔 비박 침낭을 갖고 사람들이 드나들지 않는 먼 섬에 가기로 했어요. 또 복수초랑 춘란 촉이 올라오면 보길도 낙서재 뒷산에 오르기로 했구요.

저는 이제 밖에 나갈 일이 없으니 입성도 말끔히 하고, 집도 깨끗이 치우고 가꾸려구요. 예전에 이 집은 온통 꽃 천지였다는데, 우리나라 어디 시골집들과 마찬가지로 황량하기 그지없거든요.

허물어진 담도 고치고, 나무도 심고, 꽃들도 예쁘게 가꾸려구요. 언제 선생님이 한국에 들어오시면 초대하고 싶습니다. 담양 무월리도 좋지만, 이곳 남도도 참 좋아요. 요즘은 벌써 밭에 냉이와 달래가 나오고 동백꽃이 피었고, 매화꽃 촉이 나오고, 헛간 뒤에 있는 큰 목련꽃 봉우리도 촉을 내밀고 있어요.

눈 내리는 오후에 좀 꼬리꼬리한 느낌의 노래를 들어요. 예전에 선생님의 작업을 보고 전통에 대해 많은 생각을 했어요. 우리와 제게 침윤된 시간과 공간에 대해서도요. 어줍잖은 글도 썼었는데, 기억나시죠? 제가 시골로 살러 온 건 선생님처럼 살고 싶었던 생각 때문이기도 해요. 이제 뭐 시간이 있으니까 차분히 글도 쓰고 그러려구요.

시골에 온 뒤로 외국의 미술판 사람들과의 연락도 모두 끊어버렸고, 갖고 있던 파일들도 아예 깨져버렸고, 제 사는 집엔 신문도 텔레비전도 없어요. 인터넷만 있어요. 이거 하나만으로도 뭐든 다 되니까 큰 불편은 없어요. 돈도 버는 게 없으니 가급적 안 쓰고 지내구요. 건강 때문이기도 하지만 아궁이에 불을 지펴서 잠을 자는 걸 낙으로 삼고 있습니다.

요즘은 어떤 작업을 하시는지요? 아직도 호스피스 일을 하시는가요? 그 '집은 어디에'란 영상작업의 마지막 장면이 잊히지 않아요. 고국에 대한 번민도 많고, 자주 오고 갈 일도 많지 않으시겠지만, 그래도 가끔 오시고 그러시는지요. 전 선생님 작업 중에서 그 연필 데생 작업이 정말 좋았어요.

선생님의 고향처럼 저 역시 이곳은 떠날 수 없는 제 몸의 일부예요. 다들 떠나가 살지만, 저는 어디 먼 길을 떠나 본 적이 없으니 여기 이렇게 눌어붙어 살아요. 그러면서 여러 가지 생각도 하고, 사람들과도 만나는데 더러는 생각과 행동의 차이도 있더라구요. 당연한 거죠. 도시는 늘 새 옷을 갈아입고 시골은 헌 옷 그대로인데, 새 옷 입은 사람들의 생각들이 많은 것 같아요.

아깝던 동네의 큰 나무들도 베어지고, 산들은 깎여 공장과 농장이 되고, 여러 이름의 개발사업들이 벌어져요. 그래도 가슴을 낮게 가라앉히고, 저 먼 섬들 사이의 수평을 스쳐보곤 해요. 고려 도기장들이 바라봤던 옥빛 바다도요. 맑은 가을이면 이곳 구강포는 정말 아름다운 옥빛이 나요.

때로 혼자서 시커먼 아궁이에서 불을 지피다 연기가 매워 뒤란으로 나가 하늘을 쳐다보면, 아스라이 비행기가 지나가곤 해요. 집 위 하늘이 비행기들의 길인 모양인지, 그 꼬리 연기를 보면 어렸을 때 토방마루에 앉아 동네 앞 신작로 길에서 흙먼지를 날리며 도시로 가던 버스가 생각나요. 저는 그렇게 떠나갔다 돌아온 셈이지요.

선생님, 이제 곧 녹차 잎이 올라와요. 녹차가 그리워서 그곳 풀로 만들어 드셨다던 생각이 나네요. 망치질하던 그 동시성과 비동시성의 소리도요. 따뜻하게 지내시고, 선생님도 그곳 소식 전해주셔요. 안녕히 계셔요.

2015년 겨울

명발당에서 쓴 편지 2
-효석이 형에게

형, 엊그제 보길도에 갔는데, 하얀 수선화가 벌써 피어 있데. 매화나무 새순도 푸르게 움트고. 그곳 여주구치소 감방은 얼마나 추운가? 조용필의 노래를 듣다가, 문득 덕준이 형이 군대에 끌려가고 난 뒤 우리가 어느 술집에 모여 울며 불렀던 이 노래가 생각났어.

덕준이 형은 군대에 가서도 내게 주옥같은 편지를 보내줬어. 형권이 형도. 내 참 주변머리도 없지. 그런 것들을 모두 이리저리 옮겨 다니느라 다 잊어 먹어버렸으니 말이야. 진형이랑, 경식이, 호균이랑, 형호랑, 미옥이랑, 혜경이, 남우, 길영이랑, 그때 우리가 술을 마시며 얼마나 울며 찢어지게 불렀는지 기억나?

그 여름의 까막골 행도 생각나. 광주에서부터 보성 까막골 영추 형 집까지, 우리는 아무 말도 하지 않고 꼬박 1박2일을 걸어갔었지. 물집이 잡히고, 힘겨웠지만 우리는 가던 길을 멈추지 않았어. 그렇게 까막골에 가서 영추 형을 만나고, 황토 둔덕 고샅길로 굽어 돌아 있던 선희집엘 들렀어.

엊그제 진형이 아버님이 돌아가셔서 상가에 갔다가 30년 만에 선희를 만났어. 울산에서 사는데, 남편이 출근하면, 자기는 술을 만들면서 시간을 보낸다고 하더라구. 다들 만났어.

무안 석면이형 내외, 광주 호균이, 화순 행주 내외, 수완지구 형호 내외, 민정이는 담양군청에 다닌다더라구. 또 무안의 정기도 왔어. 다들 이름조차 잘 생각이 안 나네. 언제 다록회 옛 친구들이 무안 석면이형 집에서 만나기로 했어.

진형이는 바이칼호수가 있는 구소련 브리야트 연방공화국 대학에서 우리말과 역사를 가르치고 은순이는 참교육학부모회 회장이 되었어. 진형이 누나들은 본 지가 하도 오래되어 모두 얼굴을 알 수 없었어.

친구가 낙선한 탓을 형한테 많이들 둘러대. 나는 그 내막을 잘 모르지만, 나는 형이 어머니 치상 때 와서 한 '좋은 시절이 오면 만나자'는 그 말을 굳게 믿어. 언제일지는 모르지만 그날은 곧 오겠지?

새벽이네. 형은 아직 잠을 자고 있겠지. 조금 전에 새벽닭이 울었으니 이제 한숨 자고, 날이 밝으면 또 일어나 일을 해야겠어. 부디 그날까지 건강하길 바래. 형권이 형 시 하나 적을께.

지금도 칠산바다에 가면
길길이 해송들 사이
산발하고 울부짖는 미친 눈보라송이
등 돌린 물결처럼 사랑은 젖고
지금도 칠산바다에 가면
열 평쯤 남은 수평선 너머
연사흘 눈은 내리고

외롭지 않게 흔들리고 싶은 가슴

온몸 가득 무릎 꿇고 연사흘 불어오는 바람

바윗돌마다 눈을 뜨고 죽어가는 푸른 목숨들

지금도 칠산바다에 가면

빈 마을 어귀로 속병 앓는 불빛이 돌아오고

해안으로 기어오르는 바다 울음소리

물 썬 개펄 위에 해초들과 누워

먼 곳으로 보내는 신호처럼 내 곁에 일렁이고

지금도 칠산 바다에 가면

열린 눈물같이 침몰해 가는 겨울

숨어 있는 눈빛으로 입맞춤하는

길길이 해송들 사이 산발하고 울부짖는 바람 소리

연사흘 펑펑 눈은 내리고 바다 울음소리

지금도 칠산바다에 가면

갈매기 발가락 도장처럼 슬픈

모래와 살을 섞는 취한 사내들의 목소리.

- 「칠산바다」

2015년 겨울

후기

고향에 돌아온 지 11년째, 그동안 이곳에서 지내며 쓴 산문들을 엮는다.

어느 대상이나 사건에 대한 말들도 선택적으로 직조해낸 것이듯, 내가 여기에 쓴 글도 있는 그 자체가 아니라 기억 속에서 마음에 와닿는 부분들을 골라 쓴 것들이다. 대부분 누군가로부터 배우거나 전해 들은 것들보다 지금 이곳에 사는 내가 직접 몸을 통해 보고, 듣고, 겪은 것이다.

나는 이곳에서 태어나 5·18이 일어났던 해에 고등학교에 진학하기 위해 광주로 갔다. 그 뒤 대학 때는 민주, 직장에 다닐 때는 국제라는 말 주변을 맴돌았다. 그동안 나는 땔나무를 하다가 컴퓨터를 들여다보고 있는 모습으로 변했다. 또 내 몸은 수많은 집과 일터를 옮겨 가며, 그 변화하는 환경에 적응해야 했다. 내가 시골살이를 택한 것은 이렇게 사는 동안 몸이 힘들었기 때문이다.

시골에 돌아와서는 내가 사는 강진은 물론 인근 장흥, 영암, 해남, 완도를 놀러 가듯 자주 오간다. 영암 월출산 구정봉, 완도 정도리 구계등, 장흥 천관산은 물론 소설가 이청준의 생가, 청자 도요지, 보길도와 강진 신전 사초리에서 추운 날 개불을 잡는 곳에도 갔다. 나이 든 노인들, 바다에서 물일을 하거나 농사를 짓고 사는 사람들을 만나기도 한다.

나는 이곳에서 태어나 자랐기 때문에 이곳을 잘 안다고 생각했지만 실제는 그렇지 않았다. 내가 모르는 것이 더 많았고, 알고 있었던 것들도 환경에 따라 달라져 있었다. 내가 변해서 달라 보이는 것도 있었다.

이 많은 것들은 곧 사라져갈 것이다. 고왔던 옛집 마당에 서 있었던 아름드리나무가 베어 없어졌듯 노인들과 그분들이 살았던 옛이야기들은 내 기억으로부터도 멀어질 것이다. 오래된 것에는 시간이 담겨있는데, 그것들이 낡았기 때문이다.

명발당에는 매화가 지고 수선화가 피었다. 뒤란에 있는 동백나무에는 지난 늦가을부터 꽃이 피기 시작해 아직도 만발해 있다. 자세히 보니 동백꽃도 피었던 꽃이 계속 달려있는 게 아니라, 한 번 핀 것은 지고 진한 잎새 속에서 새 꽃이 피어나기를 반복한다. 이런 동백꽃이 하도 많이 떨어져서 빗자루로 쓸어버리는 내게, 누군가는 그대로 두라고 했다.

들판에서 봄 농사를 재촉하는 농부가 논갈이를 하는 트렉터가 보인다. 집 앞 텃밭에는 얼마 전에 종자를 심어 비닐을 씌워놓은 감자가 파랗게 싹을 틔웠다.

서울에 살지만, 방학 때마다 시골집에 다녀가곤 했던 아들 기영이가 이 땅 강진의 숨결을 기억하기를. 아름다운 사람을 만나 초례청에 선 딸 희원이가 앵두알처럼 예쁜 아기를 낳았으면 좋겠다.

멀리 봄 산에서 산꿩이 청량하게 운다.